U0366045

十九首世界诗歌批评丛书　“上海高校服务国家重大战略出版工程”资助项目

飞白　著

罗伯特·勃朗宁诗歌批评本

Robert Browning: A Critical Reader

华东师范大学出版社

·上海·

图书在版编目（CIP）数据

罗伯特·勃朗宁诗歌批评本／汪飞白著.—上海：华东师范大学出版社，2020
（十九首世界诗歌批评本）
ISBN 978-7-5760-0568-4

Ⅰ.①罗… Ⅱ.①汪… Ⅲ.①诗歌评论—英国—近代 Ⅳ.①I561.072

中国版本图书馆 CIP 数据核字(2020)第 122043 号

罗伯特·勃朗宁诗歌批评本

著　　者　飞　白
策划编辑　王　焰　顾晓清
责任编辑　顾晓清
审读编辑　李玮慧
责任校对　黄　燕　时东明

出版发行　华东师范大学出版社
社　　址　上海市中山北路 3663 号　邮编 200062
网　　址　www.ecnupress.com.cn
客服电话　021-62865537
网　　店　http://hdsdcbs.tmall.com/

印 刷 者　杭州日报报业集团盛元印务有限公司
开　　本　890×1240　32 开
印　　张　8.875
字　　数　163 千字
版　　次　2021 年 1 月第 1 版
印　　次　2021 年 1 月第 1 次
书　　号　ISBN 978-7-5760-0568-4
定　　价　49.80 元

出 版 人　王　焰

目 录

选读诗9首

序　论

罗伯特·勃朗宁(1812—1889)是英国维多利亚时代的主要代表诗人,他在浪漫主义诗歌之后以戏剧独白诗独步于世,开创一代诗风,属于世界诗歌史上有重要影响的诗人之列。

席卷欧洲的浪漫主义诗歌在十九世纪三十年代耗竭了能量,走向了退潮。这时,正是勃朗宁率先改弦易辙,从"主观化"转向"客观化",为现代诗开启了一条新的道路。勃朗宁不再像浪漫派那样直接抒发诗人自我的主观情感,转而用诗笔去探索男男女女的内心活动,揭露心理奥秘,一层层地穿透人间百态,直达灵魂深处。同时他的主题也从浪漫主义的单纯化转向复杂化,他书写的不仅是善良和爱,也包括怀疑、失败、心理扭曲和恶。

勃朗宁之前的诗人们扮演的是"巫师"、"祭司"、"神和英雄帝王的歌颂者"、"哲人"、"教师"或"先知",他们都要求读者听从他们,与他们同化,并且往往表现强求读者同化的倾向。勃朗宁与他们不同,尽管他怀着殷切的帮助人的愿望,却谦虚地把自己的身份定位为"造象者"或"造境者"。他尊重读者的辨别力,公然要求他的读者不必同化,只须参与,并在参与中充分发挥审美想象和判断的主动权。

在许多方面,勃朗宁是现代诗的先行者,评论者认为勃朗宁似乎

"跳跃了几大步",从浪漫主义直接跳到了心理分析。在十九世纪,他是唯一把心理探索应用于现实生活的诗人。先拉斐尔派诗人斯温本说:"他思想的速度和别人比,就像火车之于马车,或者电报之于火车。"因为人们普遍跟不上他,所以勃朗宁得到承认较慢,他写诗二十多年后,诗名才稳步上升。随着时间的进程,他戏剧独白和心理分析的诗艺深刻影响了现代诗和现代诗人,特别是叶芝、艾略特、庞德和弗罗斯特;而福克纳等小说家的多元独白技巧以及推理小说和电影的多元视角模式也得益于勃朗宁作品的滋养。

文学评论大家哈罗德·布卢姆认为:"勃朗宁是浪漫派主要诗人后最重要的英语诗人,他超越了同代大诗人丁尼生和包括叶芝、哈代、斯蒂芬斯在内的二十世纪主要诗人。"他还认为勃朗宁和狄金森是十九世纪后期的最强者诗人,他们获得并保持了领先于他们的前驱者的地位;在某些惊人的时刻他们甚至"被他们的前驱者所模仿"。

勃朗宁被认为是英国"最富想象力的"作家,不过他也被认为是"英语中最难懂的诗人"。由于难懂难译,在中国被译介得也最迟,所以除了主修英语和英语文学专业者外,我国广大读者对他至今还不太熟悉,这也使得编撰批评本对阅读勃朗宁更有必要。

生平和创作

勃朗宁生在伦敦南郊的坎伯韦尔。他的祖父母很富有,在西印度群岛拥有种植园。他父亲年轻时被派往那里去管理种植园,但因反对奴隶制不肯管理,被剥夺了继承权,回英国后在银行工作。他父亲很爱文学艺术，会多种外语，并拥有六千多册图书的藏书室，其中包括许多珍本。勃朗宁的母亲是个虔诚的新教徒（即非英国国教徒），她的信仰中饱含着人道主义成分，她热爱自然，热爱音乐，钢琴弹得很好。这些因素都对勃朗宁的成长影响至深。

勃朗宁在很好的家庭文化氛围中长大，他在学校课程之外跟父亲学希腊和拉丁两种古文，同时还学法语、意大利语和音乐。因他的知识已大大超过学校教的内容，他觉得学校没什么意思，从十四岁起就不再上学，靠父亲的藏书室自学，有些课程则请家庭教师教。十六岁时考虑上大学，因当时牛津、剑桥大学都不接收非英国国教的学生，而新办的伦敦大学是与宗教脱钩的，勃朗宁的父亲便送他上伦敦大学。但勃朗宁上了不到一年又回家了，这时他就决定以写诗为终身事业。

早在十二岁时，勃朗宁就在浪漫主义影响下写过一本诗，这本诗后来被他烧掉了。二十岁时他写成长诗《波琳》，副标题为“自白片断”。他这部诗追随雪莱风格，全诗充满了热烈的主观抒情、碎片性的自白和朦胧的梦境。其抒情主人公献身于诗，胸怀恢宏，而又深感自身无力，满腔心绪骚乱难平。“波琳”则是他不断呼唤的女性名字，但她并没有清晰的面貌，只是青年诗人倾诉的对象和聆听者。《波琳》于 1833 年靠姨母资助匿名出版，但这时恰逢浪漫主义思潮退潮之际，《波琳》出版后没有销路，评价也不佳，勃朗宁的初次面世遭遇了失败。

这时，勃朗宁面对着巨大挑战。首先是：还要不要坚持走写诗的路？虽然他父亲家境殷实，支持着这个没“就业”的儿子写作，但他毕竟感到巨大压力。写诗显然不能谋生，可是他又不肯从事银行、律师等赚钱行业,甚至也不愿以写有销路的小说或评论文章为生。他认定诗是自己的使命,决定不顾挫折,坚持写下去。

第二个巨大挑战是:如果写诗,那么该选择走哪条路?这时是十九世纪三十年代初,风靡欧洲三十余年的浪漫主义诗歌已盛况不再,勃朗宁在切身体验中就痛感了这一点。他的《波琳》出版后连一本都没卖掉,拿到赠书的评论家们普遍贬斥他的"雪莱式自白",称之为"愚蠢而低级",最权威的要算哲学家穆勒的评语,他认为:"该书作者有相当的诗的功力,但在我看来他似乎被一种强烈的、病态的自我意识缠住了,其程度是我在神志清醒的人身上从未见过的。……一个人的心智到了这种状态,只能靠某种新的激情才能得到恢复和更新,所以我对他的最好祝愿就是:希望他遇到一位真的波琳。"

这对勃朗宁的打击是沉重的,使得他长期未把《波琳》收入自己的作品集。直到十九世纪五十年代勃朗宁夫妇住在意大利时,罗塞蒂发现这本匿名出版的《波琳》,判断为勃朗宁所作,特地写信到意大利去问勃朗宁,勃朗宁才给予肯定。他将此少年之作收入 1868 年出版的文集时加了前言,请人们"对这部孩子气的作品多加宽容"。

勃朗宁的写诗是追随雪莱的浪漫主义风格起步的,而《波琳》失败的根源也在于此。浪漫主义无节制的自我膨胀和情感泛滥已使读者产生审美疲劳,诗歌来到了一个历史转折路口。"江山代有才人出",需要有人来解决走哪条路的问题。历史的使命落在这位有强烈使命感的青年肩上,他选择的道路是:从浪漫主义诗歌的主观化转向客观化和戏剧化。为此他锲而不舍地摸索了十年,才取得突破和成功。

出版《波琳》后的1834年，勃朗宁曾随俄罗斯总领事到圣彼得堡旅行，并开始写戏剧形式的长诗《帕拉切尔苏斯》，次年由父亲出资出版。长诗主人公帕拉切尔苏斯本是个十六世纪瑞士-德国的博学之士，对化学、医学等许多学科都有研究，据传说，帕拉切尔苏斯言语骄狂，行为怪诞，但勃朗宁在诗中把他塑造成一个浮士德式人物，一个无比坚韧、不惜代价追求智慧顶峰的人，最后他悟到了"从恶中见善，从失败中见希望"。这部诗得到了不错的反响，青年勃朗宁得以进入了伦敦的文学界，老诗人华兹华斯向二十三岁的作者祝酒，评论家福斯特甚至写道："我们可以毫不犹豫地把勃朗宁的名字和雪莱、柯尔律治、华兹华斯并列。"著名演员麦克里迪当场约请勃朗宁为他写一部悲剧，勃朗宁因此为他写了《斯特拉福德》，又连续写了几年诗剧，但是演出效果不佳。

1840年，勃朗宁出版长诗《索尔戴洛》，其主人公索尔戴洛是但丁《神曲》中提到的一个意大利伦巴第地方的吟游诗人，勃朗宁演绎出了一个曲折复杂的故事，而重心则是对诗人与社会关系的心理探索。对这部诗的糟糕反应又使勃朗宁跌落了低谷——《索尔戴洛》被评为"最难懂的一部英语诗"。有人说："我发现我再也不懂英语了！"丁尼生则挖苦说：我只读懂第一句"愿听者将听到索尔戴洛的故事"和最后一句"愿听者已听完索尔戴洛的故事"，可是"这两句话都是骗人的"。到了二十世纪，庞德对《索尔戴洛》评价很高，不过那是后话了。

在创作《索尔戴洛》期间，勃朗宁曾赴意大利旅行以熟悉当地情况，这次旅行中他对阿尔卑斯山麓小镇阿索洛很喜欢。在出版《索尔戴洛》后他又写了一部戏剧性的长诗《碧葩走过》（其中也包含许多抒情插曲),其主人公碧葩就是一个阿索洛的丝厂女工。这次他听从出版商建议,为了改变自己脱离读者的形象,把这本书印成廉价版的小册子出版,作为《铃铛与石榴》系列的第一本。接着勃朗宁又连续出《铃铛与石榴》系列小册子,在 1841 到 1846 年间共出了八本。“铃铛”与“石榴”这两个意象取自《圣经·出埃及记》,象征的是音响与意义,或诗歌与思想。这个系列中有五本都是戏剧,但有三本是诗,包括第一本《碧葩走过》、第三本《戏剧抒情诗》和第七本《戏剧罗曼司与抒情诗》,其中收有《我的前公爵夫人》、《在贡多拉船上》、《圣普拉西德教堂的主教吩咐后事》等现今家喻户晓的名诗。

始料未及的是,《铃铛与石榴》系列中的戏剧反应平平,而三本戏剧性的诗集却获得热烈反响,特别是 1842 年出版的第三本《戏剧抒情诗》为他赢来了良好的转机。原因何在呢?分析起来,原来是勃朗宁的作品往往偏于艰深,而且总是“把重点放在心灵发展的种种事变上”,这对于舞台演出而言太精细太微妙了,很难表现出来。舞台演出要靠动作和表演,而勃朗宁的作品只注重心理而不关心动作,因此舞台剧形式对勃朗宁的作品不是很适合。可是在上述几本诗集中,他却找到了一种适合他的独特形式——戏剧独白诗。

1844 年,勃朗宁再次游历意大利——看来,意大利已成了他不竭灵感的源泉。返回英国时,他读到女诗人伊丽莎白·巴雷特新出版的两卷本诗集,伊丽莎白在诗里把勃朗宁和华兹华斯、丁尼生并列,并指出:把勃朗宁的“石榴”剖到中心,“会看到一颗鲜红的人道主义的心”。勃朗宁为伊丽莎白对他的认知深深感动,写信给伊丽莎白说:“我全心爱你的诗,亲爱的巴雷特小姐。”他盛赞伊丽莎白诗中“新奇的韵律、丰富的语言、凄婉的力量和真诚勇敢的新思想”，然后又加上：“我真的全心爱这些书，而且我也爱你。”这时是1845年1月。这封信引出了文学史上脍炙人口的一段爱情传奇。

伊丽莎白·巴雷特，即后来的勃朗宁夫人，十五岁骑马摔伤导致脊椎伤残，后来又患上肺病咯血，但她以顽强意志潜心写诗，令人惊讶地把禁锢的生命能量在创作中发挥出来，两卷本诗集已使她名满英伦。她在给友人的信中透露：“昨夜我收到诗人勃朗宁的信，这使我欣喜若狂，——勃朗宁，《帕拉切尔苏斯》的作者，神秘之王。”然而，以自己病弱之身和三十九岁的年龄，她决不敢发勃朗宁那样的狂想，她努力给勃朗宁降温，但她还是身不由己，深深陷入与勃朗宁互通款曲、谈知心话的书信来往之中，两人在约六百天的交往中互写了五百七十多封信。

长年卧病的伊丽莎白素不见客，直到1845年5月，勃朗宁破例得到允许，初访伊丽莎白。这次见面导致感情升级，勃朗宁立即寄出了热烈的求婚信，但仍遭不敢奢望爱情的伊丽莎白婉拒。她退回了原信，要求他烧毁，并规定“只能做朋友”。勃朗宁只得遵命（他的名作《失去的恋人》就是此事的戏剧化描写）。然而他是个锲而不舍的人，他的信伴着从园中摘取的鲜花，依旧几乎每天出现在她的床前。伊丽莎白深感自己寒伧，怕过分拖累对方，竭力抗拒着，直到被他的真情融化再也无力抗拒而投身于爱的怀抱。

勃朗宁明白他追求的是什么，——他要接过一个病残者来照顾她的终身。而一切客观条件都似乎是不可逾越的障碍：伊丽莎白比他年长六岁，伊丽莎白的父亲坚决反对他们来往，而且她已有六年没离开过自己的房间,从当时情况看,她不再有重新站立起来的希望……

勃朗宁迎着逆境而上。伊丽莎白受到极大触动,在给朋友的信中说:"我钦佩他坚毅正直的品格。我因他在逆境中(他的感受比我更深刻)的勇气而爱他。"

英国阴冷的天气对肺病不利,当时治肺病又没有特效药,唯一的处方是到温暖的意大利去疗养,这也正是伊丽莎白得到的医嘱。然而她严厉的父亲却不予批准,这导致勃朗宁的爱情带着怒气爆发,一双有情人终于决定不顾严父禁令,"私奔"去意大利。

这真是异想天开,然而奇迹出现了:爱情给伊丽莎白注入了神奇之力,还在他们筹划过程中,她就开始站立起来,渐渐能走出房间,在久违之后重新亲近大自然,这时她的感觉就像是"甩掉了早已加身的寿衣"。1846年9月,他俩秘密结婚,伊丽莎白演出了她笔下的"逃亡的奴隶",和勃朗宁去了意大利,最后定居在文艺复兴发祥地佛罗伦萨。父亲从此与她断绝关系,剥夺了她的财产继承权,并拒绝拆看她的信。尽管他们在意大利经济窘迫,但伊丽莎白在信上说:我的兄弟认为年收入不到两千英镑就不必谈论婚姻,而我们一年开支不到三百镑却过得很幸福!伊丽莎白的健康也有了奇迹般的改善,并在四十三岁高龄生下一子。尽管长期重病对她体质的损伤难以逆转,他们还是赢得了十五年幸福生活,直到1861年的一个夏日,伊丽莎白因肺功能衰竭,安静地死在丈夫怀抱里。

爱情不仅挽回了伊丽莎白的健康,也催生了她最好的作品:抒情诗集《葡萄牙女子赠十四行诗》和以女性独立自强为主题的诗体小说

《奥萝拉·李》。而勃朗宁也在同一时期出版了《勃朗宁作品集》和《男男女女》,其中包括他最优秀的戏剧独白诗。在意大利的十五年成了他们的黄金时代。

伊丽莎白去世时勃朗宁只有四十九岁。从意大利返回英伦的他已是众人仰慕的文坛大师,他也曾"为了儿子"谈过对象,但又中途放弃,终身没有再婚,该是"曾经沧海难为水,除却巫山不是云"吧!这印证了勃朗宁夫妇的深厚感情。

勃朗宁回国后仍笔耕不辍,而且创作思维毫不衰减,这期间他最宏大的成果是《指环与书》。还在意大利时,勃朗宁在佛罗伦萨的旧书摊上淘到一本纸张发黄的旧书,这是十七世纪末罗马一桩凶杀案的资料。他以一里拉的便宜价格买了这本书,在回家路上边走边看,被它深深吸引,产生了写诗的构想。随后,他对此案又作了进一步调查了解,回到英国仍在继续构思,终于以多年不懈之功完成巨著《指环与书》,于1868到1869年分四册出版。他所依据的那本"老黄书"本来只载有律师发言,间或引用当事人的话,而勃朗宁运用推理和心理方法,构思推演成十二卷不同人物的长篇戏剧独白诗,全长两万一千余行。此书一出,得到如潮好评,被誉为勃朗宁戏剧独白艺术的顶峰之作和维多利亚时代最伟大的英国诗。《指环与书》也开启了文学多视角的时代。研究者认为,在各卷不同视角的讲述中,没有一个是相当于上帝的全知视角的,该书有一种不断推进、变迁、切换的动态结构,正如现代解构主义所说的那样,它不断地生产着意义,却不断地延宕着终极真实。事实上,二十世纪的很多小说家和电影导演都追随勃朗宁,从全知视角转向多视角的讲述。

戏剧独白诗

谈到勃朗宁就必然要谈戏剧独白诗(dramatic monologue),这是勃朗宁的鲜明特色和他在诗歌史上的最大贡献。他的诗基本不作主观抒情,诗中以第一人称说话的都是客观化的戏剧人物,其内心活动十分复杂,诗中的矛盾冲突都是从独白者的情感活动中透露出来的。

固然,勃朗宁之前,戏剧中早就有独白诗的形式,但剧中人物说出的往往是其“内心独白”,即出声的思想,那是作者强使角色说给观众听的,因此也是不完全自然的。而勃朗宁发展改造了戏剧独白诗这种形式,其典型特点是:

1. 由一个剧中人独白,而且既没有舞台布景,也没有动作表演,没有对白而只有独白,诗人也不作任何讲解。不过,尽管没有舞台因素,独白者仍然是个“剧中人”,作者把他放在戏剧冲突当中,让他在冲突中揭露自己的心灵。

2. 独白是有“对方”的,这是与传统内心独白的主要区别。内心独白(以及现代的意识流)是无“对方”的,是说给观众和读者听的;戏剧独白则是说给另一个或另一些剧中人听的。可是我们没听见“对方”的话,只听见一方的独白,“对方”只是从独白中反射或折射出来的。由于有“对方”的存在和相互作用,独白才是戏剧性的。

3. 其他一切则只通过暗示,让读者去补足。因为作者没有向读者交代,剧中人也没有向读者作表白,读者仅仅是“偶然”听到了人家掐头去尾的一段话,所以戏剧的一切要素,以及人物的内心活动和隐秘动机,都要靠读者去琢磨、去领悟。领悟的线索又不是独白者有意告诉读者的,而往往是他与另一剧中人打交道时不经意泄露出来的,还可能是他为自己作辩护或掩饰时露出来的马脚,这都要靠读者去琢磨。第一遍读勃朗宁的诗时往往感到没头没脑,但细细玩味就会感到内涵和层次十分丰富,而且妙趣横生。这就是勃朗宁的诗难懂难读,却又微妙耐读的原因。

丁尼生、阿诺德等维多利亚诗人也爱写戏剧独白诗,但不如勃朗宁的戏剧独白诗典型。他们的独白诗如《尤利西斯》、《梯托诺斯》等,其本质仍是抒情的而非戏剧的,诗人与剧中独白者严重"同化",所以很接近于内心独白诗。勃朗宁则赋予戏剧独白诗中的人物独立的、生动复杂的、立体化的形象,而作者的立场态度则藏而不露。固然,勃朗宁的"客观化"并不等于没有倾向,但他不把作者的情感倾向直接说出,而要让读者自己去感受、判断和体验。在体验中,我们渐渐就能感到:对这些剧中独白者,勃朗宁有时持批判态度,如《我的前公爵夫人》中的公爵,其独白中透出的高雅风度、艺术修养与令人发指的行为叠印,不禁使人毛骨悚然;有时持讽刺态度,如《圣普拉西德教堂的主教吩咐后事》中的主教,他既贪婪又伪善的表演引得读者发笑,但他对现世价值的肯定又折射出文艺复兴的精神;有时则赋予较强的抒情性,但同时又含有批评讽刺,如《安德烈,裁缝之子》中的安德烈。这些名作都因揭示心理淋漓尽致,"把人心从里面翻到外面"而脍炙人口。应该一提的还有,勃朗宁诗中常见失败的抒情色彩的主人公,但他的诗并无出世思想,而总是洋溢着现世的、积极的、坚毅的精神。他喜欢的是宁为理想斗争而失败,不愿碌碌无为度过一生的人,他认为人的一生应该在追求中度过，尽管不完美，但是不失望。

勃朗宁能在字里行间表达出丰富的信息和微妙的情感，其诗艺令人拍案叫绝，但是其诗读起来也使人感到吃力，正如勃朗宁自己所说，虽然对许多人而言“我的诗大体上是太难了一点，但是我从不蓄意去难住人们，像某些评论我的人猜想的那样。另一方面，我也从不试图提供可代替懒人的雪茄或骨牌的文学”。勃朗宁的诗难懂，却并不让人感到索然无味，恰恰相反，他的诗是最能引人入胜而趣味无穷的，关键在于要克服解读的困难。

英国著名评论家罗斯金把读勃朗宁的诗比作“爬冰川”，勃朗宁写信答复罗斯金说：“我知道我的语言没有把我的意念都说出来；一切的诗，都是把无限纳入有限之中。你想叫我把它全部都清楚明白地描绘出来，这是不可能的。我只试图用各种各样的技巧，用暗示和片断的笔触来设法对付，如果它们能把意念从我传给你，它们就是成功的。我想你应当跟上思想的步伐，在我的‘冰川’上（如你所称呼的）轻捷地从一个突出部跨到另一个突出部，而不能站在那里光用登山杖去捅冰洞，并且证明那儿不可能有人迹到过。——假如人家跳过去了呢？”

解读勃朗宁

那么，解读勃朗宁的诗要从何处着眼呢？

首先，要着眼于多姿多彩的人物形象与背景。

勃朗宁诗中的独白者涉及社会各阶层形形色色的人物，形象鲜活有趣,但都用第一人称说话。这样就产生了一个视角问题。我们通常读的多是抒情诗,其中第一人称的“说话人”基本上是诗人本人;如果是叙事诗,大体也是诗人以第一人称在讲第三人称的故事。但勃朗宁戏剧独白诗中的第一人称“说话人”却是个剧中人,并不代表诗人本人(当然有些抒情性独白诗中也可能含有诗人的自身体验),这就打破了传统的欣赏习惯,构成了奇特的视角和强大的张力。他的诗大都含有强烈的戏剧冲突,但不是从叙事的外部角度显示的,而是从独白者暴露情感活动的内部角度显示的,这种与抒情诗相仿的第一人称视角吸引读者“入乎其内”,去体验独白者的心理;但由于戏剧环境和独白者形象的独特或怪异,又使得读者难以和他(她)认同,于是又不得不变换视角,和他(她)保持距离甚或对他(她)加以讽刺、批判,这又迫使读者“出乎其外”。勃朗宁在独白诗中创造了无数像自我而非自我的戏剧人物,使得读者不得不忙于“入乎其内”和“出乎其外”,解读勃朗宁的复杂性往往就在这“化入”“化出”之间,但趣味也正在这“化入”“化出”之间。

勃朗宁诗中人物多样,其背景也非常复杂,还往往有纵深的历史感,这也增加了阅读的难度。例如,勃朗宁对意大利历史和文化很感兴趣,特别是对意大利文艺复兴深有研究,写出了一系列以意大利文艺复兴为背景的戏剧独白诗。如《圣普拉西德教堂的主教吩咐后事》就为我们栩栩如生地再现了文艺复兴时代的世俗性风貌。罗斯金评这首诗说:我足足用三十页篇幅来说明文艺复兴中期的情况,而这首诗只用三十行就说明了几乎同样多的内容;我不知道还有哪首诗或哪篇文章能像这首诗一样,告诉我们这么多的文艺复兴精神——文艺复兴的“世俗性、自相矛盾、自满、伪善、对自身的无知,以及对艺术、对奢华和对优雅的拉丁文的酷爱”。美国学者朗鲍姆补充道:由于罗斯金对文艺复兴抱有贬意,不像勃朗宁那么肯定文艺复兴的积极意义,所以除罗斯金列举的文艺复兴上述特征外,还应加上“勃勃生机和进取精神”。

要从容接受勃朗宁这种有宽度、有深度的诗,我们需要有足够的准备和期待值。

其次,要着眼于微妙的心理分析和复杂的主题。

如前所述,勃朗宁最感兴趣的是人的心理,诗艺成熟后的勃朗宁不到自然和梦幻国度里去寻访灵感,而专在社会人生领域里发挥他超凡的观察力和想象力。他不写诗人们写熟了手并且早已“诗意化”了的事物,而专写日常生活中人们不加注意的或无法捕捉的微妙心理。同时,他的作品的主题思想也复杂化了。勃朗宁以前,古典主义和浪漫主义的诗歌大都主题鲜明而单一,一目了然,养成了读者喜爱主题单纯化的习惯。然而勃朗宁偏离了理想主义和绝对化的轨道,他较能正视复杂的社会和人生,思想中含有丰富的辩证因素,结果是他的诗往往主题复杂化、立体化,也可以说是“现代化”。

完美理想与不完美哲学,就是他诗中突出的一对“对立统一”。原先的浪漫派醉心于完美和谐的理想,然而现代工业化社会改变了人的全部关系,摇摇欲坠的神性王国不得不让位给了拔地而起的高炉和烟囱,书写浪漫主义诗篇的洁白轻盈的鹅毛笔也不得不被维多利亚时代发明的冷峻钢笔所取代。于是勃朗宁开始直面不完美人生,形成了他的“不完美”世界观,甚至延伸到了“不完美”的爱情诗。如名作《荒郊情侣》,其核心就是人的孤立处境和沟通困难。这一主题是超前的,它预示着二十世纪现代派文学异化主题的出现。而勃朗宁选择“爱情”这个“最不孤立”、“最能融合”的情境来表现孤立主题,尤其显出了他的现代敏感。还有戏剧独白诗《一个女人的最后的话》,写的是爱人间的争吵,其中寓有对大男子主义霸权的批判。爱人间、夫妻间有争吵本来是难免的,毕竟浪漫是一阵子,而生活是一辈子。浪漫派诗人心醉神迷地歌唱爱情,从不写这种“毫无诗意”的琐事,而勃朗宁却反浪漫主义之道而行之,他开始描写爱情生活的“全息”和“两面”,这也是他的创新和开拓。

又如,他诗中“成功”和“失败”常常是一对结为一体、不可分割的概念,最突出的要算《罗兰公子来到了暗塔》了:主人公罗兰历尽艰辛,终于胜利到达毕生寻求的目的地——暗塔——而找到自己的灭亡。这首歌颂坚毅的目的性精神却又解构具体目的、把成功和失败合二为一的奇诗富于魅力而意味无穷,却使读者大伤脑筋,也使评论家聚讼纷纭。按:自古以来的文学作品常有某种标明的单纯目的性,例如《荷马史诗》中特洛伊战争以“争夺海伦”为目的,中古欧洲的亚瑟王传奇以“寻找圣杯”为目的,《西游记》以“西天取经”为目的,不论这种标明的目的性说服力如何,其单纯性都足以使读者喜闻乐见而感到满足,但勃朗宁的“暗塔”却解构了单纯的目的性和“成功”,从而给读者出了个思考的难题。

话说回来,勃朗宁的主题思想复杂化并非故意刁难读者,其实倒是尊重读者。因为以前的诗人大都喜欢给读者“定调子”,把自己的主张灌输给读者,要求读者同化;而勃朗宁却把思考和判断的权利交给读者,要求读者保持分辨能力,勃朗宁试图开启(而不是封闭)读者的思考,他面向的是爱思考的读者群。

除此以外,还得关注勃朗宁的语言。勃朗宁对诗歌语言作了剧烈革新,他抛弃传统上认为有诗意的高雅语言,而采用丰富生动的、三教九流的、穷街陋巷的、含有无穷能量的语言来塑造他的各色人物,这堪与小说领域中的巴尔扎克媲美。与此同时,他的语言又往往是不完整的、不规范的、跳跃式的和留出大量空白的,因此才被罗斯金形容成"爬冰川"。我们知道,"留出空白"本来是诗的基本特点,而勃朗宁对此又特别作了发挥,所以解读勃朗宁的诗,必须跟他一样善于"跳过冰洞",还要善于聆听无穷的弦外之音、言外之义。

鉴于勃朗宁的诗哪怕对英国读者也是难度大的,而我国读者对他的独特诗风及诗中社会文化背景不熟悉,解读译文"纯文本"不可避免地将会遇到更大的困难,所以译者要想当好桥梁,不但要细心推敲,在译文上下功夫,以求传达其微妙的言外之义,还必须做好每首诗的注释和"评析"。这不是坊间常见的一般化的诗歌"解说"或"鉴赏",而是评论和像解析几何那样的解析,是根据译者的译解心得和百余年来国外勃朗宁批评研究的成果,向读者提供翔实的语境、参考资料、分析思考的问题和方法;不是试图圈定解读限制思路,而是试图协助解读启发思路,从而有助于兴味盎然地思考和品味。

本书选录的作品篇数也与丛书中其他诗人批评本不同,一共只选勃朗宁名作 19 首。这是由于勃朗宁以戏剧独白诗著称,而这类诗篇幅都比较长,别人的一首抒情诗常常只有几十行或十四行,而勃朗宁的戏剧独白诗长到千行万行也不足为奇。虽已尽量从他的名作中挑简短的，也比一般诗人的作品长。对他的作品的评析也同样需要较长的篇幅。所以就不能按丛书通例选入精读代表作 19 首加选读诗 30—50 首了，只能选评勃朗宁代表作 10 首加选读诗 9 首，合共满足 19 首之数。

选评的 10 首代表作基本是勃朗宁最著名的戏剧独白诗，足以显示勃朗宁的风格特色。译者为每首诗撰写了详尽的评析文。扩展性的选读诗 9 首求其简短和易读，其中前 6 首小诗各各含有不同的抒情、哲理、戏剧成分；后 3 首是戏剧独白诗，但属勃朗宁戏剧独白诗中最简单明白易读的类型。

本书没有单辟诗论部分，因有关诗论已散见于序论（重点介绍勃朗宁的戏剧独白诗）、10 首勃朗宁代表作的评析文及“勃朗宁批评举要”中，诗论对于这几部分都是不可或缺的要素。

飞　白

2017 年 7 月 11 日于云南大学北院

评析代表作 10 首

我的前公爵夫人

（斐拉拉）

墙上的这幅画是我的前公爵夫人，
看起来就像她活着一样。如今，
我称它为奇迹：潘道夫师的手笔
经一日忙碌，从此她就在此站立。
你愿坐下看看她吗？我有意提起
潘道夫，因为外来的生客（例如你）
凡是见了画中描绘的面容、
那真挚的眼神的深邃和热情，
没有一个不转向我（因为除我外
再没有别人把画上的帘幕拉开），
似乎想问我可是又不大敢问：
是从哪儿来的——这样的眼神？
你并非第一个人回头这样问我。
先生，不仅仅是她丈夫的在座
使公爵夫人面带欢容，可能
潘道夫偶然说过“夫人的披风
盖住她的手腕太多”，或者说
“隐约的红晕向颈部渐渐隐没，
这绝非任何颜料所能复制”；

这种无聊话,却被她当成好意,
也足以唤起她的欢心。她那颗心——
怎么说好呢?——要取悦容易得很,
也太易感动。她看到什么都喜欢,
而她的目光又偏爱到处观看。
先生,她对什么都一样!她胸口上
佩戴的我的赠品,或落日的余光,
过分殷勤的傻子在园中攀折
给她的一枝樱桃,或她骑着
绕行花圃的白骡——所有这一切
都会使她同样地赞羡不绝,
或至少泛起红晕。她感激人,好的!
但她的感激(我说不上怎么搞的)
仿佛把我赐她的九百年的门第
与任何人的赠品并列。谁愿意
屈尊去谴责这种轻浮举止?即使
你有口才(我却没有)能把你的意志
给这样的人儿充分说明:"你这点
或那点令我讨厌。这儿你差得远,
而那儿你超越了界限。"即使她肯听
你这样训诫她而毫不争论,
毫不为自己辩解,——我也觉得
这会有失身份;所以我选择

绝不屈尊。哦,先生,她总是在微笑,
每逢我走过;但是谁人走过得不到
同样慷慨的微笑?发展至此,
我下了令:于是一切微笑都从此制止。
她站在那儿,像活着一样。请你起身,
客人们在楼下等。我再重复一声:
你的主人——伯爵先生闻名的大方
足以充分保证:我对嫁妆
提出任何合理要求都不会遭拒绝;
当然,如我开头声明的,他美貌的小姐
才是我追求的目标。别客气,让咱们
一同下楼吧。但请看这海神尼普顿
在驯服海马,这是件珍贵的收藏,
是克劳斯为我特制的青铜铸像!

My Last Duchess

Ferrara[1]

That's my last Duchess painted on the wall,
Looking as if she were alive. I call
That piece a wonder, now: Frà[2] Pandolf's hands
Worked busily a day, and there she stands.
Will't[3] please you sit and look at her? I said
"Frà Pandolf" by design, for never read
Strangers like you that pictured countenance,
The depth and passion of its earnest glance,
But to myself they turned (since none puts by
The curtain I have drawn for you, but I)
And seemed as they would ask me, if they durst,
How such a glance came there; so, not the first
Are you to turn and ask thus. Sir, 'twas not
Her husband's presence only, called that spot
Of joy into the Duchess' cheek: perhaps
Frà Pandolf chanced to say "Her mantle laps
Over my lady's wrist too much," or "Paint
Must never hope to reproduce the faint
Half-flush that dies along her throat;" such stuff

Was courtesy, she thought, and cause enough
For calling up that spot of joy. She had
A heart—how shall I say—too soon made glad,
Too easily impressed; she liked whate'er
She looked on, and her looks went everywhere.
Sir, 'twas all one! My favour at her breast,
The dropping of the daylight in the West,
The bough of cherries some officious fool
Broke in the orchard for her, the white mule
She rode with round the terrace—all and each
Would draw from her alike the approving speech,
Or blush, at least. She thanked men—good! but thanked
Somehow—I know not how—as if she ranked
My gift of a nine-hundred-years-old name
With anybody's gift. Who'd stoop to blame
This sort of trifling? Even had you skill
In speech (which I have not) to make your will
Quite clear to such an one, and say, "Just this
Or that in you disgusts me; here you miss,
Or there exceed the mark"—and if she let
Herself be lessoned so, nor plainly set
Her wits to yours, forsooth, and made excuse,
E'en that would be some stooping; and I choose

Never to stoop. Oh sir, she smiled, no doubt,
Whene'er I passed her; but who passed without
Much the same smile? This grew; I gave commands;
Then all smiles stopped together. There she stands
As if alive. Will't please you rise? We'll meet
The company below[4], then. I repeat,
The Count your master's known munificence
Is ample warrant that no just pretence
Of mine for dowry will be disallowed;
Though his fair daughter's self, as I avowed
At starting, is my object. Nay, we'll go
Together down, sir. Notice Neptune, though,
Taming a sea-horse, thought a rarity,
Which Claus of Innsbruck[5] cast in bronze for me!

注释

[1] 题注 Ferrara(斐拉拉)是意大利北部地名,位于威尼斯之南,在中世纪时曾是一个独立的公国。

[2] Frà 是意大利语,本义为“兄弟”,在这里用作对修道士的尊称,故译为“师”。

[3] Will it 的缩略形式。此诗中多处采用英语缩略形式(如下文的 ’twas = it was),既含有口语化的风格因素,也是为了纳入每行五音步的格律。

[4] 诗中独白谈话的对方是奥地利某伯爵的使者,公爵与来使在楼上密谈后,准备下楼与宫庭中的众人会合。

[5] 原文最后一行的全译为:“是因斯布鲁克的克劳斯为我特制的青铜铸像!”因斯布鲁克是奥地利地名,由于公爵这次说亲的对象在奥地利,所以他特意显示一下他收藏的奥地利艺术品。为诗行长度所限,译文省略了地名。

诗中的画家潘道夫和雕塑家克劳斯都是虚构人物。

评析

令人惊叹的典型形象

《我的前公爵夫人》是勃朗宁早期戏剧独白诗的代表作,也是勃朗宁最为家喻户晓的名篇。因为此诗短小凝练,又不太难懂,是诗选和教材中通常必选的。但虽说不太难懂,也还需要我们细细品味,才能体会其中的丰富内涵。

作者加有三个字的题注"斐拉拉",使我们得知诗中的情节发生在斐拉拉,而诗中的独白者是斐拉拉公爵。据历史记载,十六世纪的第五代斐拉拉公爵阿方索二世是一个文学和艺术庇护人,著名诗人塔索就受过其庇护;他曾娶年仅十四的露克蕾吉亚为妻,三年后,十七岁的公爵夫人突然死去,人们认为有被毒死的重大嫌疑;公爵随即又向奥地利某伯爵富有的侄女说亲。显然这就是诗中独白者的原型。在诗中,公爵正是在同外国派来商谈亲事的使者谈话,地点是在公爵府楼上。当我们听到谈话时,谈话已近尾声,公爵仿佛是顺便似的拉开了遮住一幅画的画框的帘幕,让来使看看前公爵夫人的画像。

听话听音:我们从公爵的独白中听出,他对前夫人的态度是双重的。对画像,他表现了一个艺术收藏家和鉴赏家的无限赞赏和自豪;对前公爵夫人这个人呢,他却抑制不住内心的不满,忍无可忍地把她指责了一番。通过这番赞赏和指责,诗人勃朗宁巧妙地塑造了一个文艺复兴时代的贵族——斐拉拉公爵——的典型形象,与此同时也塑造了作为其对立面的前公爵夫人的形象。

公爵形象中最突出之点，是他贵族阶级的等级观念极强，把门第、身份、礼法看得高于一切，这是造成他和前妻矛盾冲突的根本原因。其次，这个人物还具有既高雅又冷酷的性格，作者既在他身上表现了文艺复兴时期的意大利贵族酷爱艺术、崇尚风雅的特点，又让读者透过其文雅的风度看到冷酷的内心。他不隐讳他前妻之死是由于他的铁腕，但他向客人展示她的画像时，居然心安理得，津津乐道，不但没有丝毫良心的不安，反而觉得这是他身为贵族应该做的一件小事。这种心安理得的神态，使这一人物跃然纸上。

前公爵夫人的形象与之相反，她是一个热情甜美、开朗乐天的少女，像一朵初开的花苞，流露着对生活的爱和信任。几乎生活中的一切，都使她感到新鲜和喜欢。她遇到任何人的好意，都会满心感激，脸上都会泛起红晕。这反映着她的天真无瑕，也象征着文艺复兴时代人的觉醒。不仅如此，她还表现了对"上等人"、"下等人"都一样的民主倾向，正是由于她打破了封建贵族阶级视若命脉的等级观念，使得她与公爵的冲突难以幸免。

这一戏剧冲突发展到高潮时，公爵采取了断然措施："我下了令：于是一切微笑都从此制止。"这是一个含蓄有力、余音不绝的名句。公爵下了什么令？在勃朗宁生前，勃朗宁学会就有争论：有人认为是把她处死，也有人认为是把她幽禁起来。他们去问作者，一贯不愿对自己的诗多加解释的勃朗宁给了他们一个模棱两可的回答："命令是把她处死；否则，关到修道院里也不是不可能。"为什么这也可那也可呢？因为公爵并没有明说。

初读此诗,我们也许会简单化地认为此诗内容是对封建等级制的揭露批判。这,固然也对,但诗不是政论,而且勃朗宁的艺术造诣很高,所以诗的内容绝非一般所谓"揭露批判"所能概括或比拟。

首先,诗人对历史的理解给人以深刻印象。十六世纪正是欧洲文艺复兴盛世,古典艺术已经风靡全欧,意大利各地的封建主也成了艺术收藏家和庇护人;但是作为封建主,他们对文艺复兴的人本主义或人道主义又是难以接受的。因此,文艺复兴,对天真的公爵夫人可以意味着人性和平等,但对维护其九百年门第和无限权威的公爵却只意味着艺术。呈现在读者面前的公爵这个典型形象实在令人惊叹:他谋害无辜的前公爵夫人的行为令人发指,但他又不像一个一般的恶棍形象,他不仅仅是"附庸风雅",而是真正地酷爱艺术;他并不试图"掩盖罪行",而是真正的泰然自若,——因为身为一个小国之君,他本人就代表着法律和"良心"。诗人勃朗宁让我们看到了中古末代贵族的一个最生动的活生生的典型。

公爵因为夫人不做他的符合规范的所有物而把她除掉了,并且至今说起来还颇感愤愤。如今他以帘遮画,"除我外再没有别人把画上的帘幕拉开",把她变成了他绝对控制下的所有物,变成了他收藏品中最珍贵、最自豪的画作之一。勃朗宁在生活和艺术的关系层面上显示了公爵奇特的价值观。然而从阿方索二世的历史背景和心理上考察,这却是可信的。在这里,诗人还留下了意味深长的弦外之音:公爵控制了他的藏画,却仍控制不了画上那真挚的眼神;公爵制止了微笑,但热情的微笑仍在画上焕发光彩。于是"一切微笑都从此制止"也带有了一丝自我讽刺的意味。

这首诗历来被认为是一件“罕见的艺术品”，诗中细节描写之精微也历来为人称道，可以说每个细节都显得贴切自然，而又隐含着重要的戏剧因素。试举数例，供读者赏析：

一、通过画家画像过程的细节，表现公爵的无端嫉妒。首先，从“师”的称谓看出，公爵请来的画家潘道夫是一位修道士；其次，画像时心怀嫉妒的公爵寸步不离，始终有“丈夫的在座”；第三，本来像这样一幅肖像画是需要画好多天的，公爵却要画家硬是以“一日忙碌”将其完成。但即便如此严格，夫人还是仅仅因“面带欢容”而蒙受了“举止轻浮”的罪名，而终至为之付出生命的代价。诗人使我们从中体验到了“伴君如伴虎”的感受。

附带需要指出：国内多种书籍和工具书把这首戏剧诗的基本情节概括成：“后来她（按指公爵夫人）爱上了为她作画的画家，公爵出于嫉妒，一气之下把她杀了。”实际上说公爵夫人“爱上画家”完全是无中生有。这无异于给无辜的公爵夫人制造冤案，而为杀人的公爵找借口辩护开脱。

二、通过“绝不屈尊”和“别客气”，勾勒出公爵的贵族风度。一方面，此人高傲到如此程度，连告诉一下公爵夫人她哪点使他不快也认为是“屈尊”；而对他说来贵族身份高于一切，他宁肯杀人也“绝不屈尊”！“绝不屈尊”和“我下了令”这两句话，共同构成了公爵形象塑造中最硬朗、最深刻的线条。然而另一方面，这样一个傲慢的贵族又向来使说出了“别客气，让咱们一同下楼吧”的温文尔雅的台词——当时显然是来使让公爵先走，而公爵则作出平等姿态，同来使并肩下楼（这在一位国君是破格的），从而表现此人有其高雅风度和转圜自如的外交能力。当然,他这种姿态决不意味着平等观念,他恰恰是借此微妙而不失身份地显示了贵族的优越感。

三、通过结尾"闲笔",完成公爵的立体形象塑造。在下楼前,公爵又顺便向来使展示了另一件珍贵的收藏品——海神尼普顿驯海马的青铜雕塑。正如罗伯特·朗鲍姆指出的:这看起来像是闲笔,其实也是诗人的精心设计。[1] 全诗从展示画像开始,至展示雕塑结束,得以完成一个酷爱艺术、喜数家珍的收藏家的形象塑造。同时,正是在公爵展示他的又一件珍品之时,他最初展示的公爵夫人像才得以定位为"同格",进入他的收藏珍品系列(甚而,她也是他试图驯服的"海马");她的故事也得以定位为"收藏品介绍"的一则保留节目。于是公爵夫人被他物化,公爵从她身上提取了他所要的一切——她的美,而弃去了那多余的部分——她那不能被驯化的生命。

诗的形式是整齐的五音步,双行偶韵体,即每两行换一个韵;虽属格律诗但语言风格自由,不像传统的"诗歌语言",既接近随随便便的口语,而又符合独白者的身份。

---

[1] 罗伯特·朗鲍姆:《经验之诗:现代文学传统中的戏剧独白》,1957。

失去的恋人

那么，一切都过去了。难道实情的滋味
　真有预想的那么难咽？
听，麻雀在你家村居的屋檐周围
　唧唧喳喳地道着晚安。

今天我发现葡萄藤上的芽苞
　毛茸茸地，鼓了起来；
再一天时光就会把嫩叶催开，瞧：
　暗红正渐渐转为灰白。

最亲爱的，明天我们能否照样相遇？
　我能否仍旧握住你的手？
“仅仅是朋友”，好吧，我失去的许多东西，
　最一般的朋友倒还能保留：

你乌黑澄澈的眼睛每一次闪烁
　我都永远铭刻在心；
我心底也永远保留着你说
　“愿白雪花回来”的声音！

但是，我将只说一般朋友的语言，

　　或许再稍微强烈一丝；

我握你的手，将只握礼节允许的时间，

　　或许再稍微长一霎时！

The Lost Mistress[1]

All's over, then: does truth sound bitter
  As one at first believes?
Hark, 'tis the sparrows' good-night twitter
  About your cottage eaves!

And the leaf-buds on the vine are woolly,
  I noticed that today;
One day more bursts them open fully
  —You know the red turns grey.

Tomorrow we meet the same then, dearest?
  May I take your hand in mine?
Mere friends are we,—well, friends the merest
  Keep much that I'll resign:

For each glance of that eye so bright and black,
  Though I keep with heart's endeavour, —
Your voice, when you wish the snowdrops[2] back,
  Though it stay in my soul for ever! —

Yet I will but say what mere friends say,
　Or only a thought stronger;
I will hold your hand but as long as all may,
　Or so very little longer!

注释

[1] 诗题的“mistress”用其古雅释义“恋人”，不可误为“情妇”。此诗以前被译作《失恋的姑娘》流传也属大谬。

[2] Snowdrop，白雪花，一译雪莲花，是欧洲的一种白色小花，与水仙花同类，开放在冬末春初尚有残雪之时。

评析

当求婚遭到婉拒之时

许多读者还未读过勃朗宁的诗,却可能已经知道勃朗宁的恋爱故事了。这是大诗人勃朗宁的作品长期没有得到译介,而勃朗宁夫人的爱情十四行诗却先有了中译本的缘故。不过,勃朗宁夫妇的爱情确实是诗坛上一则动人的佳话。

罗伯特·勃朗宁和女诗人伊丽莎白·巴雷特(后来的勃朗宁夫人)是因诗相知,以诗为媒,而互相倾慕的。1844 年,伊丽莎白在诗中赞美了勃朗宁的诗才,并把这位当时名声还不怎么大的诗人与桂冠诗人华兹华斯,及当时已经成名而且数年后继任桂冠诗人的丁尼生并列。于是,勃朗宁先于 1945 年 1 月写信给这位知音,又于同年 5 月登门造访。

伊丽莎白自从十五岁坠马伤了脊椎(或肺部)后,一直卧病,时年已三十九岁,勃朗宁却不顾伊丽莎白比自己年长六岁且长期卧病的现实情况,热烈地、真诚地爱上了女诗人。当勃朗宁于拜访后立即写信表白爱情时,伊丽莎白大吃一惊,她因病残之身不敢奢望爱情的幸福,遂退回这封情书,要他烧毁,并要求他今后只作为一个朋友来往。勃朗宁只得遵命,但他送的鲜花仍不断出现在伊丽莎白床边,直至伊丽莎白终于被他的温情融化而投身于爱情的怀抱,并且奇迹般地改善了健康,但这已是后话了。《失去的恋人》一诗,据认为就作于勃朗宁初次求婚遭到婉拒之后。

然而《失去的恋人》和勃朗宁的绝大多数作品一样，也是一首戏剧独白诗而非抒情诗（尽管明显带有抒情性），所以我们并不能肯定无误地把诗中的独白者等同于作者。勃朗宁戏剧独白诗的主人公是五花八门、色色俱全的，若把他们的性格品行套用到作者头上去，就会闹出荒谬的笑话来。然而其中也有少数诗作，或多或少地呈现出作者的个人体验，《失去的恋人》就是其中最明显的代表。因此我们不妨暂且从联系作者个人的角度来进行解读，假设勃朗宁不是把个人体验作了客观化处理，而只是把场景和环境作了移位或虚构。例如，现实中的勃朗宁是写信表白爱情的，而剧中人却是当面表白；现实中的环境是城市，诗中却换作了乡下的茅屋和屋檐的麻雀。

“那么，一切都过去了。”从第一行诗我们就知道主人公的求爱刚刚遭到了失败。对爱情的热烈盼望，金丝编织的梦，忐忑不安的焦虑……这一切，从此刻起，都已经成为过去。仅仅在几分钟以前，这样的结局对他来说还是绝对不堪设想、不堪忍受的，但是事至如今，对这颗苦果，他只能像男子汉那样镇静地咽下去。

第三、四行简洁地交代了戏剧发生的场景，同时说明天色已晚，麻雀在道着晚安，独白主人公也该向他刚刚失去的恋人和恋情道晚安了。

第二节诗“今天我发现……”是含蓄的，含有双重的象征。一方面，早春的葡萄藤正待冒芽，独白者暗示着：本来爱情的芽苞再有一天工夫也就会催开了，不料如今竟不幸夭折。另一方面，膨胀的芽苞长出了绒毛，暗红转为灰白，又象征着暗暗的恋情再凝为冷静的现实。

作为一首戏剧独白诗,诗中只能包括男主人公对女主人公的独白或告别辞,难以包括女主人公说的话。为了弥补这一不足,作者让独白者引用了两句对方刚才说过的话。这两句话都不是完整的,但是此处并不需要作完整的复述,只要用最简洁的话语点一下也就明白了。一句话是"仅仅是朋友",就是说拒绝做爱人,今后仅仅作为朋友来往;另一句话是"愿白雪花回来"——白雪花开放在冬末春初地面尚有残雪之际,女主人公的这句话表示她宁愿停留在冷而纯洁的友谊阶段。

那么独白者呢?他尊重对方的意愿,但对他失去的恋人仍一往情深。他深感自己失去的是如此之多,深恐自己连保留一般朋友所享有的那份无拘无束也难以做到,但他仍然希望:今后在按一般朋友的礼节握手时,能够"或许再稍微长一霎时"。这一霎时,旁人的眼睛看不出,裁判的秒表难计算,但求在心底能感到"我"从此不再提起但永远不变的情意就够了。

这首诗的特色在于它的含蓄细腻,在于它体现了一往情深和男子汉坚强自制力的统一。

以上的解读基本是客观的,即对于诗中主人公和作者勃朗宁都同样适用,可以通约;主人公的性格也基本上反映了勃朗宁的性格特征。这样联系作者个人体验来解读,优点是使我们仿佛看见勃朗宁和伊丽莎白这两位诗人现身说法,感受更为亲切生动;明显的缺点则是,由于我们的解读以勃朗宁夫妇的爱情故事为参照系,就不可避免地带上了预期恋人"失而复得"的明朗色彩、乐观情绪,然而"大团圆"其实完全是外加于本诗的,与本诗无关。

因此,我们最终还是不得不摆脱勃朗宁夫妇的故事,而在更广阔的空间里去解读《失去的恋人》。于是,我们发现:失去意味的就是失去,独白者的一往情深也并不意味着他能挽回败局。此诗的主题,毋宁说是理想和现实的严峻差距。理想的难以企及和在失败中的追求不息——这正是贯穿勃朗宁创作的一个基本主题。继续往下读这本诗选,我们将会看到这一主题在涉及爱情主题的作品中再三出现。

圣普拉西德教堂的主教吩咐后事

（罗马，15__年）

虚空啊，传道者说，凡事皆虚空！
围到我床边来；安塞姆你躲什么？
外甥们，儿子们……上帝呀，我可不知情！
她呀，谁不想要她做你们的母亲，
甘道夫老家伙妒忌我，她是那样美！
事情早已定局，她呢，也死了，
死去很久了，从那时我就是主教。
我们像她一样，也终有一死，
你们也该悟到：浮生若梦啊！
人生是怎么回事？当我躺着，
在这华丽的卧室，奄奄待毙，
在一片死寂的漫漫长夜，我问：
“我是死，是活？”似乎一切宁静。
圣普拉西德教堂祈求的是宁静啊。
好了，说说我的坟地吧。为了它，
我曾连撕带咬地争夺，要知道
甘道夫老家伙骗了我，尽管我当心；
他占了南面，使他的臭尸增光，
愿上帝诅咒！——死了还伸一只手！

不过我的坟地也不算太窄，
从那儿可以望到教堂的讲坛，
也能看到些唱诗班的座位，
向上望，直到天使居住的穹顶，
准有一线阳光在悄悄移动；
我要在那儿睡进玄武石棺，
在我的华盖下得到安息，而周围
还要有九根石柱，两两成对，
第九根在脚后——安塞姆站的地方，——
全要用桃花大理石，名贵，红艳，
如同新斟的葡萄酒浓冽的酒浆。
——甘道夫老家伙的洋葱石算老几?
让我能从坟里看到他！真桃花，
毫无裂缝的，我才配得此奖赏！
围拢点；我的教堂那次失火——
怎么样？虽有损失救出的可不少！
孩子们，你们不愿伤我的心吧?
去挖葡萄园里，榨油机旁，
轻轻洒点水把土浇透，如果
你们找到……上帝呀，我可不知情！
在松松的无花果烂叶堆里，
在装橄榄的篓子里，紧紧捆着
一大块(啊，上帝呀)天青琉璃石，

大得像犹太人头从颈部割断，
青得像圣母胸口淡青的脉管……
孩子们，我把遗产全给了你们，
漂亮的郊区别墅，还带有浴室，
所以，把那块青石放在我膝间，
就像你们在华丽的耶稣会教堂
所拜的上帝像手里捧的圆球，
让甘道夫看见把肺都气炸！
我们的岁月像梭子一样飞行，
人走向坟墓，如今他在何处？
我刚才说用玄武石棺吗，儿子们？
不！我的意思是黑大理石！否则
怎能与下面的花边相得而益彰？
浮雕用青铜的，你们答应过我，
要雕牧神和水仙女，你们晓得的，
穿插些祭司座、酒神杖、瓶瓮之属，
再雕出救主耶稣在山上传道，
圣普拉西德头戴光圈，一个牧神
正要扯光仙女最后的衣衫，
还有摩西和十诫……但我知道：
你们不听我！他们对你耳语什么，
我的心肝安塞姆？哦，你们打算
把我的别墅败个精光，而叫我

在埋乞丐的烂石灰堆下窒息，
让甘道夫从他的坟头窃笑？
不，孩子们，你们是爱我的，——那么，
全部用碧玉！你们要向我发誓，
免得我为留下了浴室而遗憾！
整块的、纯绿的，就像阿月浑子果，
世界上碧玉有的是，只要去找，——
圣普拉西德是听信我的，我求她
赐你们骏马、古老的希腊手稿、
和四肢如大理石般滑润的情妇！
——不过你们得把我的碑文刻对：
精选的拉丁文，西塞罗的风格，
不能像甘道夫的第二行那么俗，
古雅文风吗？他可不够资格！
那时节我将怡然地安卧千年，
听着做弥撒的神圣的嗡嗡
看见成天制出并分吃上帝，
感到烛火在燃烧，稳而不颤，
闻到浓烈的香烟，薰人昏眩！
如今当我躺在死寂的夜里，
盛装正寝，慢慢地奄奄待毙，
我交叠双手，仿佛握着权杖，
伸直双脚，仿佛一尊石像，

让我的被单像棺布般下垂，
形成雕塑作品的巨大褶皱，
当那边烛光渐熄，奇怪的念头
开始生长，耳朵里嗡嗡作声，
想起我这辈子以前的前生
和此生，教皇、红衣主教和神父，
还有圣普拉西德在山上传道，
想起你们苗条而苍白的母亲
和她那双会说话的眼睛，
新出土的鲜明的玛瑙古瓮
和大理石的古文，纯粹的拉丁，——
哈哈，那老兄刻着“名若泰斗”？
这岂是古雅？至多是二流的文品！
我的朝圣旅程不幸而短促。
全部琉璃玉，孩子！否则我把别墅
全送给教皇！你们别再啃我的心，
你们的眼睛像四脚蛇的那么尖，
却使我想起你母亲眼睛的闪光，
也许你们肯增添我寒酸的花边，
联结它贫瘠的花纹，在我的瓶中
装满葡萄，外加面具和胸像柱，
你们在祭司座上再拴只猞猁狲，
它蹦跳挣扎，把酒神杖摔倒——

这样的雕花才能使我满足。
我将躺在上面,直到我要问:
“我是死,是活?”算了,离开我,罢了!
你们的忘恩负义刺伤了我,
致我于死——上帝呀,你们巴不得!
石料！碎砂石！湿漉漉地滴水,
仿佛是棺中的尸体冒出了液汁——
还说什么炫耀世界的琉璃玉!
走吧！求求你们。少点几支烛,
但要排成排:走时转过背,对,
就像助祭们离开祭坛那样,
把我独自留在我的教堂——
这祈求宁静的教堂,让我空闲时
瞧瞧甘道夫从他的洋葱石棺里
是不是斜眼瞅我——因为毕竟
老家伙仍然妒忌我,她是那样美!

The Bishop Orders His Tomb at Saint Praxed's Church[1]

Rome, 15__

Vanity, saith the preacher, vanity![2]
Draw round my bed: is Anselm keeping back?
Nephews—sons mine... ah God, I know not! Well—
She, men would have to be your mother once,
Old Gandolf envied me, so fair she was!
What's done is done, and she is dead beside,
Dead long ago, and I am Bishop since,
And as she died so must we die ourselves,
And thence ye may perceive the world's a dream.
Life, how and what is it? As here I lie
In this state-chamber, dying by degrees,
Hours and long hours in the dead night, I ask
"Do I live, am I dead?" Peace, peace seems all.
Saint Praxed's ever was the church for peace;
And so, about this tomb of mine. I fought
With tooth and nail to save my niche, ye know:
—Old Gandolf cozened me, despite my care;
Shrewd was that snatch from out the corner South
He graced his carrion with, God curse the same!

Yet still my niche is not so cramped but thence
One sees the pulpit o' the epistle-side,
And somewhat of the choir, those silent seats,
And up into the aery dome where live
The angels, and a sunbeam's sure to lurk:
And I shall fill my slab of basalt there,
And' neath my tabernacle take my rest,
With those nine columns round me, two and two,
The odd one at my feet where Anselm stands:
Peach-blossom marble all, the rare, the ripe
As fresh-poured red wine of a mighty pulse.
—Old Gandolf with his paltry onion-stone,[3]
Put me where I may look at him! True peach,
Rosy and flawless: how I earned the prize!
Draw close: that conflagration of my church
—What then? So much was saved if aught were missed!
My sons, ye would not be my death? Go dig
The white-grape vineyard where the oil-press stood,
Drop water gently till the surface sinks,
And if ye find... Ah God, I know not, I!...[4]
Bedded in store of rotten fig-leaves soft,
And corded up in a tight olive-frail,
Some lump, ah God, of *lapis lazuli*,

Big as a Jew's head cut off at the nape,
Blue as a vein o'er the Madonna's breast...
Sons, all have I bequeathed you, villas, all,
That brave Frascati[5] villa with its bath,
So, let the blue lump poise between my knees,
Like God the Father's globe on both his hands[6]
Ye worship in the Jesu Church so gay,
For Gandolf shall not choose but see and burst!
Swift as a weaver's shuttle fleet our years:
Man goeth to the grave, and where is he?
Did I say basalt for my slab, sons? Black—
'Twas ever antique-black I meant! How else
Shall ye contrast my frieze to come beneath?
The bas-relief in bronze ye promised me,
Those Pans and Nymphs ye wot of, and perchance
Some tripod, thyrsus, with a vase or so,
The Saviour at his sermon on the mount,
Saint Praxed in a glory, and one Pan
Ready to twitch the Nymph's last garment off,
And Moses with the tables[7]... but I know
Ye mark me not! What do they whisper thee,
Child of my bowels, Anselm? Ah, ye hope
To revel down my villas while I gasp

Bricked o'er with beggar's mouldy travertine
Which Gandolf from his tomb-top chuckles at!
Nay, boys, ye love me—all of jasper, then!
'Tis jasper ye stand pledged to, lest I grieve
My bath must needs be left behind, alas!
One block, pure green as a pistachio-nut,[8]
There's plenty jasper somewhere in the world—
And have I not Saint Praxed's ear to pray
Horses for ye, and brown Greek manuscripts,
And mistresses with great smooth marbly limbs?
—That's if ye carve my epitaph aright,
Choice Latin, picked phrase, Tully's[9] every word,
No gaudy ware like Gandolf's second line—
Tully, my masters? Ulpian[10] serves his need!
And then how I shall lie through centuries,
And hear the blessed mutter of the mass,
And see God made and eaten[11] all day long,
And feel the steady candle-flame, and taste
Good strong thick stupefying incense-smoke!
For as I lie here, hours of the dead night,
Dying: in state and by such slow degrees,
I fold my arms as if they clasped a crook,
And stretch my feet forth straight as stone can point,

And let the bedclothes, for a mortcloth, drop
Into great laps and folds of sculptor's-work:
And as yon tapers dwindle, and strange thoughts
Grow, with a certain humming in my ears,
About the life before I lived this life,
And this life too, popes, cardinals and priests,
Saint Praxed at his[12] sermon on the mount,
Your tall pale mother with her talking eyes,[13]
And new-found agate urns as fresh as day,
And marble's language, Latin pure, discreet,
—Aha, ELUCESCEBAT[14] quoth our friend?
No Tully, said I, Ulpian at the best!
Evil and brief hath been my pilgrimage.
All *lapis*, all, sons! Else I give the Pope
My villas! Will ye ever eat my heart?
Ever your eyes were as a lizard's quick,
They glitter like your mother's for my soul,
Or ye would heighten my impoverished frieze,
Piece out its starved design, and fill my vase
With grapes, and add a visor and a Term,[15]
And to the tripod ye would tie a lynx
That in his struggle throws the thyrsus down,
To comfort me on my entablature

Whereon I am to lie till I must ask
"Do I live, am I dead?" There, leave me, there!
For ye have stabbed me with ingratitude
To death—ye wish it—God, ye wish it! Stone—
Gritstone, a-crumble! Clammy squares which sweat
As if the corpse they keep were oozing through—
And no more *lapis* to delight the world!
Well, go! I bless ye. Fewer tapers there,
But in a row: and, going, turn your backs
—Ay, like departing altar-ministrants,
And leave me in my church, the church for peace,
That I may watch at leisure if he leers—
Old Gandolf—at me, from his onion-stone,
As still he envied me, so fair she was![16]

注释

[1] 圣普拉西德教堂在罗马,始建于公元九世纪,以基督教圣女普拉西德命名,该教堂有色彩缤纷的镶嵌画,其中一个厅堂因装饰华丽而有"极乐园"之称。此诗的内容是十六世纪该教堂的一位主教(人物是虚构的)向儿子们吩咐后事的独白。

[2] 此语出自《圣经·旧约·传道书》。

[3] onion-stone,一种微绿的大理石,质地较差,易层层剥落,故名。

[4] 主教大人这次又表示"不知情"的事,是他趁火打劫从教堂里偷出了镇堂宝物——天青琉璃石。

[5] Frascati 是罗马郊区地名,译文简化处理。

[6] 罗马耶稣会教堂的上帝像手捧天青琉璃石球。

[7] 据《圣经·旧约·出埃及记》,上帝用手指把十诫写在两块石板(tables)上,交给以色列人的首领和先知摩西,作为以色列人的律法。

[8] pistachio-nut,阿月浑子果,原产西亚,唐代从西域传入我国,"阿月浑子"的译名最早载于《本草拾遗》。现代再次引进,又新起一个市场流行名叫"开心果"。

[9] Tully 指古罗马著名演说家和修辞学家西塞罗(西塞罗的全名是 Marcus Tullius Cicero),他被公认为文体楷模。

[10] Ulpian,公元三世纪古罗马衰落时期法学家,文字风格不够一流。这行原文本来是说甘道夫不配用西塞罗文风,只配用乌尔

皮安文风。为求易懂，译文作了简化处理。下面第 100 行同此。

[11] 天主教做弥撒时，神父要把圣饼分给教徒吃，象征耶稣受难的圣体。

[12] 独白者思路渐乱，把圣女和耶稣弄混了。

[13] 因翻译素体诗(blank verse)应严格遵守每行 5 顿，而第 96 行的意思一行译文容纳不下，如按常规压缩处理又会丢失重要信息，经权衡决定译成两行。

[14] ELUCESCEBAT，拉丁文“他名声辉煌”，这是时代较晚的拉丁文，古雅不足。译文借归化译“名若泰斗”来表现这层意味。

[15] Term，古罗马的上有胸像的方形石柱，用作界碑，代表“边界神”Terminus。

[16] 为了使表达充分，诗末 4 行原文(122—125 行)翻译时句型重组，译文增加一行。

评析

文艺复兴时代的世俗奇观

勃朗宁对意大利历史和文化很感兴趣,特别对意大利文艺复兴深有研究,写了一系列以意大利文艺复兴为背景的戏剧独白诗。《圣普拉西德教堂的主教吩咐后事》就是其中的一篇名作,它为我们栩栩如生地再现了文艺复兴时代的世俗性的风貌。英国维多利亚时代著名评论家罗斯金评论这首诗说:我用三十页的篇幅来说明文艺复兴中期,而这首诗只用三十行就说明了几乎同样多的内容;我不知道还有哪首诗或哪篇文章能像这首诗那样,告诉我们这么多文艺复兴精神——文艺复兴的"世俗性、自相矛盾、自满、伪善、对自身的无知,以及对艺术、对奢华和对优雅的拉丁文的酷爱"。美国学者朗鲍姆补充道:因为罗斯金对文艺复兴抱有贬意,不像勃朗宁那么肯定文艺复兴的积极意义,所以除了罗斯金列举的特征之外,还应该加上"勃勃生机和进取精神"。

从历史的远方回顾,我们通常从作品、课本、博物馆中看到的是文艺复兴时代的伟大崇高的一面,是人的发现、个性的解放、艺术的繁荣,是达芬奇、米开朗琪罗等巨人及其伟大作品……然而勃朗宁却把我们带回到那个年代去,让我们看到文艺复兴当代的、世俗的、现实的场景;他仅通过一个天主教高级神职人员临终嘱咐这么个小小角度,却几乎是"广角"地展示了处于基督教文化和古希腊古罗马异教文化碰撞下的这一历史转折时期栩栩如生的社会景观。不管文学史家对此诗的评价如何,他还原历史的“造象”被公认为真实而精彩的,在其中呈现了文艺复兴这个独特时代里美和丑、异教和基督教、无神论和迷信、艺术和奢华、人性和贪欲的既不协调又协调,既滑稽又自然的奇异混合。

此诗是一首无韵素体诗。诗题中的圣普拉西德教堂是罗马的一所古老教堂,以基督教圣女普拉西德的名字命名,该教堂有色彩缤纷的镶嵌画,其中的一个厅堂因装饰华丽而有“极乐园”之称。诗的内容,是十六世纪该教堂的一位主教(人物形象是虚构的)向他的儿子们吩咐后事的独白。

众所周知,按照基督教的信仰,最重要的本来是死后升天堂还是下地狱的问题,其他一切皆为虚空。《圣经·旧约·传道书》中就说:“虚空的虚空,凡事皆虚空……他身后的事,谁能使他回来得见呢?”主教开章明义,首先引用了这句语录,以表明自己的虔诚。这虽符合主教的身份,对这位斤斤计较身后事的主教却很富于讽刺意味,它起了从反面点题的作用。

主教的这番话是对儿子们说的。但按照天主教教规,神职人员禁止结婚,有儿子不合法,所以习惯上他们都把自己的私生子叫作“外甥”。这位主教在按老习惯叫了一声“外甥们”后,想到自己已经快死了,还装这份假干什么?不如表示一下亲切,直截了当叫一声“儿子们”吧!可是刚一叫出口,马上又想起此事违犯了上帝的禁令,只得连忙向上帝搪塞遮掩一下,说是他生了这么多儿子,自己委实“不知情”!这当然很好笑,但他能如此随口搪塞,也说明了上帝权威的减退。

在儿子们中,安塞姆显然是主教最宠爱的一个,但他也像兄弟们一样,一个劲地想朝后躲,而且恐怕要数他躲得最远,生怕对父亲承担责任(见第2行)。因私生儿子的事,独白者想起了他美丽的情妇,因不好明说"情妇"一词,他用了"谁不想要她做你们的母亲"这样婉转迂回的措辞,非常幽默。而"谁不想要"之中又已暗含"争夺"之意,主教不由得又提起他和前任主教、他的老对手甘道夫争夺情人得胜的往事,并为之洋洋得意(第5行)。——这样,勃朗宁仅仅用了五行诗,就以高度浓缩的笔法,交代清楚了"独白者(主教)、儿子、上帝、情人、对手"五个方面错综复杂的关系,不愧为匠心独运。

主教临终把儿子们召来,是为了向他们吩咐安排后事,提出了包括石棺石柱、青铜浮雕、拉丁文碑文和殉葬宝物等要求。他的这一切身后设计,在文艺复兴考古发现热潮的刺激下,真是极尽奢华富丽之能事,既表现了对古代艺术的酷爱,又表现了对身后虚荣的贪婪。然而他也清楚知道,他的儿子们不见得会按他的吩咐办事,因此他采取了说好话、做交易、威胁利诱等种种手段,和儿子们谈判,哄儿子们就范。诗中虽然只有主教一人的独白,没有一句儿子们的回答,但因独白是"戏剧的",即处于谈判双方张力结构之中的,所以哪怕是儿子们无声的反应,也在独白中得到了明确的反映。独白者起初还一味痴心妄想,在要价上层层加码;而作为报酬,则许诺给儿子们他的全部遗产,并许诺以主教资格祈求圣女普拉西德赐给他们骏马、古希腊手稿和美人,这是那个时代人们狂热追求的目标(今日不是也差不多吗?把骏马换作宝马,手稿换作字画而已)。然而在儿子们看来,遗产已是他们的囊中物,至于老爸向圣女祈祷这种空话简直不值一笑。终于,主教的幻想全盘破灭,在绝望中明白了自己的心机已付诸东流,儿子们确实是如他所担心的那样,“打算把我的别墅败个精光,而叫我在埋乞丐的烂石灰堆下窒息”!

然而反映上述戏剧性的关系和人情世态,还不是此诗的主要成就所在,诗中更为突出的是反映了基督教文化和古代异教文化碰撞混合的奇观。原来,当欧洲从古代进入中古之际,古希腊、古罗马文化传统遭到埋没,被中古基督教文化所取代,这两种文化间还没有来得及发生充分的相互作用。事过千年,随着资本主义因素和市民阶级在意大利兴起,两种文化全面接触的机会终于来到了:作为欧洲门户的意大利,此刻出现了对外开放的局面,思想比较活跃;因东罗马帝国被奥斯曼土耳其帝国灭亡,拜占庭学者带着抢救出来的古代手稿、抄本纷纷逃到意大利,大大推动了意大利的古典研究和人文学科的发展;因古罗马雕塑文物的大量出土,久经思想禁锢的人们突然目睹了一个迷人的神秘世界,从而掀起了崇拜古代艺术的狂热。在追求个性解放的当代新思潮和古代异教文化复兴的两面夹攻下,中世纪基督教禁欲主义和蒙昧主义的统治遂陷于土崩瓦解。在这一历史背景下,圣普拉西德教堂的主教把基督教和异教搀和成一锅粥,而且显然更倾向于异教,也就不奇怪了。例如他自己设计的棺台浮雕花样,既有基督教的救主耶稣、先知摩西、圣女普拉西德,又有异教的牧神、水仙女、祭司座和胸像座。这两方面在中世纪本是水火不能相容的,如今却已融合无间,为此后的欧美文化(由希腊罗马成分与希伯来成分融汇而成)定下了调子。

诗中主教的思想和行为违背基督教教义和天主教对神职人员的戒律，这有着丰富的涵义，其中既反映了文艺复兴的时代进步，也显然含有作者对这个人物的讽刺和批判。如独白者为自己设计的浮雕上“一个牧神正要扯光仙女最后的衣衫”，这与耶稣的传道和摩西的十诫相距何其遥远；他许诺祈求圣女赐给他儿子“四肢如大理石般滑润的情妇”，又是何等荒谬不经；还有这位主教大人形容他趁火打劫从教堂里偷出来的天青琉璃石时，用的比喻也精彩异常，且不说“大得像犹太人头从颈部割断”的形容表现得贪婪狠毒，那“青得像圣母胸口淡青的脉管”的形容，更说明主教竟把牧神的好色目光投向圣母娘娘身上去了！

一点不错，随着市场经济的逐步生长，在重新肯定人的价值和现世生活的同时，庸俗的享乐主义、贪婪纵欲、尔虞我诈的社会风气也在四处泛滥。独白者和他的前任主教甘道夫之间，不是什么共同信仰、衣钵相传的关系，而是“连撕带咬地争夺”的关系；主教和他主持的大教堂之间，不是什么忠于职守、勤恳建设的关系，而是趁自己当权能捞则捞、能偷则偷的关系；那么父亲和儿子之间尔虞我诈的关系，也就没有什么稀奇了。

然而，《圣普拉西德教堂的主教吩咐后事》是一首批判性的讽刺诗吗？不见得，至少可以说不完全是。勃朗宁本人是一个理想主义者，但可以看出，他比同时代诗人丁尼生更能客观地面对善恶问题，更能正视活跃在历史中的“恶”。丁尼生在“恶”的面前扼腕悲叹，不能自已；勃朗宁却不仅从伦理道德评价的角度对“恶”讽刺批判，同时还能从更高的历史的角度，观察和解读“恶”在现实中复杂的多面作用。

从这位主教身上透露的文艺复兴世俗景观中，我们就能看到这种作用，而勃朗宁精心塑造的主教本人也是一个立体的——“圆”的而不是“扁”的——人物形象，他的贪婪、伪善、偷东西反映了文艺复兴时代社会大“转轨”带来的浑浊，但他对基督教教规的怀疑和背离亦不失为文艺复兴时代巨大进步的反映，在那个时代，连天主教的主教也不再相信来世了。在后事安排的这场竞争中，他虽然输给了他的老对手甘道夫，但他终能以在现世获胜而感到自慰。

勃朗宁的诗以富于力度著称。或许可以说：他的诗中的“力”，系由鲜活的人物形象、精微的心理分析、纵深的历史感以及典型化的语言这四个维度构成。他的人物形象鲜活、有趣、出人意料，读第一遍就被抓住；但是再读时我们还会渐渐解读出其他“三维”来，从而使形象越来越立体化。假如放弃了其他“三维”，也就丢失掉大半的价值了。

一个女人的最后的话

爱人，咱们别再吵了，
　　忍住眼泪，
让一切还像以前好了，
　　安心地睡。

出口的言词控制不了，
　　难免伤人，
我们吵起来像两只鸟，
　　枝头鹰隼！

瞧！蛇趁我们说话间
　　悄悄爬近！
小声！脸贴着我的脸，
　　小声，当心！

有什么能比真实更假，
　　对你而言？
那棵树，有蛇的毒牙，
　　得躲远点，

那树上苹果红得诱人——
　　永不窥探；
否则我将步夏娃后尘，
　　失去乐园。

像天神似的抱着我吧，
　　展现魅力！
像男子汉般搂紧我吧，
　　以你的臂力！

教我吧，爱人，教会我，
　　我该这样：
我要学会说你所说，
　　想你所想，

你所有要求，我都满足，
　　全无保留，
把肉体和心灵——全部
　　交在你手，

都给你——但不是今宵，
　　而是明天，
我必须先把悲伤埋掉，

不让人见，

我必须哭一会，爱人，
（我多傻气！）
然后才能入睡，爱人，
在你的爱里。

A Woman's Last Word

Let's contend no more, Love,
  Strive nor weep:
All be as before, Love,
  —Only sleep!

What so wild as words are?
  I and thou
In debate, as birds are,
  Hawk on bough!

See the creature stalking
  While we speak!
Hush and hide the talking,
  Cheek on cheek.

What so false as truth is,
  False to thee?
Where the serpent's tooth is,
  Shun the tree—

Where the apple reddens,
  Never pry—
Lest we lose our Edens,
  Eve and I.

Be a god and hold me
  With a charm!
Be a man and fold me
  With thine arm!

Teach me, only teach, Love!
  As I ought
I will speak thy speech, Love,
  Think thy thought—

Meet, if thou require it,
  Both demands,
Laying flesh and spirit
  In thy hands.

That shall be to-morrow,
  Not to-night:
I must bury sorrow

Out of sight:

—Must a little weep, Love,
(Foolish me!)
And so fall asleep, Love,
Loved by thee.

评析

温情的和解？羞辱的屈从？

《一个女人的最后的话》在勃朗宁的戏剧独白诗中要算是一篇“小品”。它的内容看似单纯，实则复杂，“清官”难断。说它单纯，因为显然是一对相爱的男女剧烈争吵之后，女方为结束争吵而说的最后的话；说它复杂，则是因为家务事（或爱人间的纠纷）本来就清官难断，加以我们又不清楚争吵的原因，这就更难判断谁是谁非了。只知道是女方作出了妥协，但这又引出一个更“难断”的问题：这一妥协是温情的和解呢，还是羞辱的屈从？

作者对以上问题照例没有表态，似乎有点“卖关子”。但我们若要请勃朗宁讲清楚点，他大概会说：“我可说不上。这是人家的家务事。我在1842年出版的《戏剧抒情诗》中不早就宣布过了吗？——‘我的诗是许多想象人物说的许多话，而不是我的话。’”

没法子，读者只好靠自己去体会了。然而因争吵已到了尾声，女主人公正在设法收场，她当然没有理由再把二人的具体矛盾重述一遍，从而重新引起争端。我们只得根据第4、第5两节诗中透露的蛛丝马迹，去推断其中的缘由。看来，争吵可能涉及一方要想探听而另一方不愿提起的隐私。独白者把这隐私比作乐园里分别善恶之树上“红得诱人”的禁果。对“有什么能比真实更假”这句悖论，可以作这样的理解：这一“真实”是属于过去的事；它既已过去，就不再是今天的真实;而当今的现实是“我们”彼此相爱,这就是最大的真实了。如果坚持窥探“你”曾经不属于“我”、“我”曾经不属于“你”的那段隐私,将导致破坏和丧失“我们”现实爱情乐园的严重后果。

有位读者对我说,在中国读者的直观理解中,诗中意象群的象征意义似乎应该是:“蛇”象征第三者,“苹果”象征情欲的诱惑,而“真实”指的则是女主人公“我”的真情实意。于是她对此诗的解读便是这样的:“由于我们的争吵,已有第三者趁机悄悄插入,我的真情对你已经失去价值;请你躲开她吧,她是一条毒蛇呀!你不要受一时的情欲诱惑,否则我将失去乐园。”初看起来这似乎像电视剧似的,一切都顺理成章。但是我们必须意识到此诗的西方文化语境,必须意识到出自《圣经》的“蛇-苹果-乐园”意象群有确定的含义,是不可以作直观解读的。如分别善恶之树上的“苹果”是知识之果,就不能理解为情欲之果;“蛇”是诱惑夏娃吃知识之果的撒旦,也就不能是美女蛇;而“真实”原文是“truth”,可以解作真实、真相,即知识之果包含的内容,但不能解作真情、忠诚。从这一例子也可以见到文化语境对阅读欣赏的重要性。

话说回来,那么,这段过去的隐私(真相)是属于谁的呢?根据“那树上苹果红得诱人——(我)永不窥探;否则我将步夏娃后尘,失掉乐园”推断,隐私应当属于男方,而放弃窥探的是女方。——夏娃不就是吃了过于好奇的亏,因贪吃禁果而失掉乐园的吗?那么“有什么能比真实更假,对你而言?”说的就应当是这种意思:今天你爱的是我,过去的事既已过去,对于今天的你已没有意义,我追究真相也就没有意义了。

但因这句话说得很朦胧，似乎也可以理解为涉及的是女方的隐私，女方认为这事“对你（对男方）而言”如今已没有意义，故无须再提了。如果是这样，那么下文就得解读成“那树上苹果红得诱人——（请你）永不窥探”，否则将导致亚当和夏娃一同失去乐园的后果。不过后一种解读与《圣经》故事不符，故事里受禁果诱惑的是夏娃，然后亚当才跟着吃的。

也许，作者在这里闪烁其词，是使得情节不要太“落实”吧。如果情节太实太窄，则读者参与的程度将受到限制，倒不如让情节朦胧一点、宽泛一点，可以吸引更多的读者参与。因此，若理解得更宽泛一点，我们也不一定受“窥探隐私”这一情节的局限，不妨把诗中的“真实”一词推广到“弄清谁是谁非，争个水落石出”的一般意义上。——既然我们相爱是最大的真实，那么“争个水落石出”与之相比也就成了“假”。算了，不要硬摘那知识之果了吧，为了维护乐园的安全，不如把争端含糊过去，而选择献身于爱的祭坛。

不论所争的“真实”到底是何性质，女主人公选择了妥协。初看上去结果是圆满的，她只要哭一场，睡一觉，一切就都像以前一样了。爱人间的争吵，岂不等于是家常便饭？吵到最后女方哭一场，在许多人家也是情理中事。然而如果深究一下，那么这首诗的“意义核心”却恰好在这里。一些研究者就诗中男女主人公的关系作了相当尖锐的剖析。

《勃朗宁手册》指出：“《一个女人的最后的话》精细地观察和感知了婚姻生活中必需的许多微妙棘手的调整。诗是戏剧性的。诗中的说话者是一个同丈夫争吵得筋疲力尽的妻子，她只得奴颜婢膝地准备作肉体的和灵魂的降服，不惜败坏一切伦理价值和神学价值，只求能在一个敌意的世界面前保护他们二人的亲密关系。此诗强调的思想是：对爱情的威胁来自男人决意建立心智霸权。”[1]

《罗伯特·勃朗宁》一书的作者皮尔索尔认为：“《一个女人的最后的话》和《爱人的争吵》二诗向我们展示的是婚姻的不和……她答应完全屈从，保证（不是今宵，而是明天）满足男方‘肉体或心灵的’一切要求。这一通过延期投降达到目的的女性策略，支配着这首迷人的小独白诗中的其余多数成分。”作者还认为，读这些诗应与勃朗宁夫妇的生活相参照，因为其中反映了勃朗宁夫妇在意大利佛罗伦萨生活时严重而持续的不和。[2]

爱人间、夫妻间，难免会有争吵，有不和。浪漫主义诗人心醉神迷地高歌爱情，不愿费神去想、去写这种不愉快的、毫无诗意的琐事；而勃朗宁改弦易辙，反浪漫派之道而行之，于是他开始描写爱情生活的另一面，或者说开始描写爱情生活的“两面”。通常，浪漫是一阵子，而生活是一辈子，生活中没有分歧是不大可能的；而争吵又总得有收场，有和解，有下台阶，所以这个女人的态度是好的，堪称模范。她照顾了大局，维护了团结，她的最后的话确实是一种温情的和解。而且在绝大多数男人看来，女人当然要这样驯服才显得可爱迷人（“像天神似的抱着我吧，展现魅力！像男子汉般搂紧我吧，以你的臂力！”——即便在受了委屈之后）。但是勃朗宁在这里给读者留下了

[1] 德斐恩：《勃朗宁手册》，1955。
[2] 皮尔索尔：《罗伯特·勃朗宁》，1974。

思考余地。他在把这位女人写得可爱迷人的同时,又给她留下了不为人见的悲伤和暗自的流泪。而且,为什么最后降服的应该是女方而不是双方呢?

勃朗宁只作精细入微的心理观察和描写,而把回味留给读者。勃朗宁没有表态,然而我相信,至少,他对女主人公的这句话是不敢苟同的:“我要学会说你所说,想你所想。”——因为“爱人”也是独立的“人”,不可能真正学会这一点。

加卢皮的托卡塔曲

1

啊,巴达萨雷·加卢皮,发现这点真令人悲痛!
我不大可能误解你,我既不瞎,也不聋,
但我了解了你的意思,心情是多么沉重!

2

你来了,你带来了古老的音乐,使人身历其境。
原来,商人为王的威尼斯,生活是这等情景?
在圣马可教堂边,总统每年投指环与海结婚?

3

原来,海就是那儿的街,街上有拱门跨越——
盖有屋顶的夏洛克桥,人们在那儿过狂欢节:
我从未离开过英国,但我仿佛看见了一切。

4

你是说:当五月海暖,青年人把春光尽情享受,
化装舞会半夜开始,狂欢直到正午方休,
然后又把明朝的新鲜玩艺筹谋,——是否,是否?

5

当时的仕女,是否圆圆的面颊、红红的樱唇,
她颈上的小脸,像花坛上的风铃草一样欢欣?
她的胸脯那么姣好丰满,会给谁人作枕?

6

是啊,他们是懂风雅的,当你坐在古钢琴前,
庄严地弹起托卡塔曲,他们是否会暂停交谈,——
她,咬着黑天鹅绒的假面具;他,抚摸着他的剑?

7

什么?小三度音如泣如诉,减六度音叹息不止,
他们懂吗?那些悬留音及其解决——“我们必须死?”
那些安慰性的七度音——“生命能持续!姑且一试!”

8

“你刚才幸福吗?”“幸福。”“现在幸福吗?”“幸福!你呢?”
“那么,再吻吻我!”“我何曾停过?千万次也不嫌多!”
听啊,“属音”执拗地持续着,直到你非回答不可!

9

终于,一个八度音敲出了回答。他们哪能不赞赏?

“好样的加卢皮！这才叫音乐！慢板庄重，快板欢畅！
当我听大师演奏时，我能做到一句话都不讲！”

10

然后他们离开你，去寻欢作乐，直到时辰结束，
有的一生虚度，有的徒劳一阵，也于事无补，
死神默默到来，把他们带到永远不见天日之处。

11

而我呢，正当我坐下来推理，想从此矢志不移，
正当我胜利地从自然的封锁中挤出它的奥秘，
你进来了，带来冰冷的音乐，使我的神经战栗。

12

是的，你，像幽灵般的蟋蟀，鸣叫在废墟之间：
“尘与灰，死亡与终结，威尼斯花去威尼斯所赚。
灵魂无疑是不朽的——只要你有灵魂能被发现。

13

“譬如说你的灵魂吧，你懂物理，地质也不外行，
而数学是你的消遣。灵魂达到的高度不一样，
蝴蝶们恐惧绝灭，——而你呢，你却不可能死亡！

14

“至于威尼斯及其居民，注定要繁荣和没落，
‘欢乐’和‘愚蠢’是他们在这块土地上的收获。
待到亲吻不得不结束时，灵魂中还留下什么？

15

“尘与灰！”——你这样唧唧吟唱，而我却不忍心责备。
死去的美女多么可爱，披满酥胸的金发多么美，
而如今都已安在？我不禁感到了年岁的寒威。

A Toccata[1] of Galuppi's

I

Oh, Galuppi, Baldassaro[2], this is very sad to find!
I can hardly misconceive you; it would prove me deaf and blind;
But although I take your meaning, 'tis with such a heavy mind!

II

Here you come with your old music, and here's all the good it brings.
What, they lived once thus at Venice, where the merchants were the kings,
Where Saint Mark's[3] is, where the Doges used to wed the sea with rings?[4]

III

Ay, because the sea's the street there; and 'tis arched by... what you call
... Shylock's bridge[5] with houses on it, where they kept the carnival:
I was never out of England—it's as if I saw it all.

IV

Did young people take their pleasure when the sea was warm in May?

Balls and masks begun at midnight, burning ever to mid-day,

When they made up fresh adventures for the morrow, do you say?

V

Was a lady such a lady, cheeks so round and lips so red,—

On her neck the small face buoyant, like a bell-flower on its bed,

O'er the breast's superb abundance where a man might base his head?

VI

Well, and it was graceful of them—they'd break talk off and afford

—She, to bite her mask's black velvet—he, to finger on his sword,

While you sat and played Toccatas, stately at the clavichord?

VII

What? Those lesser thirds[6] so plaintive, sixths diminished[7], sigh on sigh,

Told them something? Those suspensions, those solutions—"Must we die?"

Those commiserating sevenths—"Life might last! we can but try!"

VIII

"Were you happy?"—"Yes."—"And are you still as happy?" —"Yes. And you?"

—"Then, more kisses!"—"Did I stop them, when a million seemed so few?"

Hark, the dominant's persistence till it must be answered to![8]

IX

So, an octave struck the answer. Oh, they praised you, I dare say!

"Brave Galuppi! that was music! good alike at grave and gay!

I can always leave off talking when I hear a master play!"

X

Then they left you for their pleasure: till in due time, one by one,

Some with lives that came to nothing, some with deeds as well undone,

Death stepped tacitly and took them where they never see the sun.

XI

But when I sit down to reason, think to take my stand nor swerve,

Till I triumph o'er a secret wrung from nature's close reserve,

In you come with your cold music till I creep thro' every nerve.

XII

Yes, you, like a ghostly cricket, creaking where a house was burned:
"Dust and ashes, dead and done with, Venice spent what Venice earned.
The soul, doubtless, is immortal—where a soul can be discerned.

XIII

"Yours for instance, you know physics, something of geology,
Mathematics are your pastime; souls shall rise in their degree;
Butterflies may dread extinction,—you'll not die, it cannot be!

XIV

"As for Venice and her people, merely born to bloom and drop,
Here on earth they bore their fruitage, mirth and folly were the crop:
What of soul was left, I wonder, when the kissing had to stop?

XV

"Dust and ashes!" So you creak it, and I want the heart to scold.
Dear dead women, with such hair, too—what's become of all the gold
Used to hang and brush their bosoms? I feel chilly and grown old.

注释

[1] 托卡塔是一种键盘(用管风琴、古钢琴和钢琴演奏的)乐曲,风行于十六至十八世纪,其特征是含“赋格”成分:首先在主调上奏出“主题”,然后在属调(比主调高五度或低四度音)上模仿,叫作“答题”。各个声部互相“问答”,此起彼伏,回旋缭绕。曲子中间可以转调,但最后的呈示段必须回到主调。除“赋格”成分外,托卡塔还含有比较自由的即兴发挥性成分。托卡塔曲的节奏比较轻快,其名称 toccata 在意大利语中是“轻触(键盘)”的意思,而勃朗宁用在此诗中又有“轻触主题”的含义。

[2] 巴达萨雷·加卢皮(1706—1785),意大利著名作曲家,作有歌剧七十部,以轻歌剧居多,也作器乐曲。曾访问英国、俄国,其歌剧在英、俄演出。

[3] 圣马可大教堂为《马可福音》作者圣马可的遗体而建,建造于九世纪。

[4] “与海结婚”是十二世纪教皇亚历山大三世为庆祝威尼斯海战大捷而制定的仪式:教皇将戒指授予威尼斯共和国总统,要求总统每年举行庆典,将一枚戒指复制品投入海中并宣称:“海哟,我们娶你,以表示我们真正的、永久的统治。”

[5] 夏洛克桥指威尼斯大运河上的里亚托桥,桥上有房屋建筑,传说莎士比亚名剧《威尼斯商人》中的那个放高利贷者夏洛克就住在这座桥头的市场上。

[6]“小三度音”通常表现悲伤情调。

[7]罕见的“减六度音”只用于悬留音中，其音响不和谐，效果异常忧郁。

[8]在和声中，“属音”和“七度音”同时出现于七属和弦，它的持续制造出悬疑情调，能把人的听觉期待强烈地引向在主和弦上的最终“解决”。这里加卢皮或勃朗宁暗指生命的矛盾及其最终“解决”。

评析

轻触生命之谜的三重奏

诗人勃朗宁在美术和音乐方面都有很高的素养和造诣，他也特别喜欢以美术和音乐题材入诗。所以他继描写十五世纪佛罗伦萨画家的独白诗《利波·利比兄弟》之后，接着又写出了关于十八世纪威尼斯作曲家的《加卢皮的托卡塔曲》，此诗是勃朗宁音乐主题的名作，被认为是他最美、最微妙动人的诗之一。

在进入本题之前，先得介绍加卢皮和“托卡塔”：

巴达萨雷·加卢皮（1706—1785），意大利著名作曲家，以歌剧著称。他作有歌剧七十部，以轻歌剧居多，也作器乐曲，曾访问英国、俄国，其歌剧在英、俄演出。勃朗宁爱好他的音乐，藏有两大本加卢皮作品的抄本，而且研究者还曾引证过一个美国人1847年的如下记载：“勃朗宁夫人仍因病弱而不能步行，但她常坐在修道院旁绿草如茵的山坡上的大树下，或坐在修道院暗黑的礼拜堂里的座位上，而勃朗宁则在风琴上追逐着一曲‘赋格’，或者在朦胧的琴键上做梦似的奏出一曲加卢皮的微微颤栗的‘托卡塔’。”——按：这里说的是位于佛罗伦萨东南山区的避暑胜地瓦隆布罗萨，那里有一所古老的修道院。勃朗宁夫妇在1846年来到意大利后，起初辗转各地，1847年定居于佛罗伦萨。当年夏天他们曾来瓦隆布罗萨逗留五天，勃朗宁曾在英国十七世纪大诗人弥尔顿弹过的修道院风琴上演奏。

再解释“托卡塔”这种乐曲形式。这是一种键盘（管风琴、古钢琴、钢琴）乐曲，风行于十六至十八世纪，其特征是含有“赋格”成分：首先在主调上奏出“主题”，然后在属调（比主调高五度或低四度音）上模仿，这叫作“答题”，各声部互相“问答”，此起彼伏，回旋缭绕；曲子中间可以转调，但最后的呈示段必须回到主调；除“赋格”成分外，托卡塔还含有比较自由的即兴发挥性成分。托卡塔的节奏轻快，其名称 toccata 在意大利语中是“轻触（键盘）”的意思，而在此诗中又有“轻触主题”的双关含义。

音乐是比文字更空灵、更微妙的情感载体。诗人用文字来写音乐主题，哪怕“轻触”也罢，也需要有某种精微高超的技巧，而每个诗人用的技巧是不同的。首先可以看到，音乐修养很好的勃朗宁也像作曲家似的，充分发挥了诗的音乐性元素：他采用英语诗罕见的八音步长句，加上高难度的“扬抑格”和“三连韵”诗律，以模拟托卡塔的技巧。进一步细察，我们还会发现此诗有更独特而深奥的技巧。

从我们熟知的音乐诗如韩愈的《听颖师弹琴》和白居易的《琵琶行》，到国外的音乐诗如费特的《给一位女歌唱家》，通常都是从诗作者的角度听音乐，又从诗作者的视点谈听音乐的感受，其视点是单一的。但勃朗宁却别创一格，按他“非个人化”的习惯把作者本身隐到幕后，使他自己的态度变得云雾飘渺，难以捉摸。呈现在诗中的视点是独白者的，但又不单纯是独白者的，读者在诗中听得见、看得到的人物有三层之多。诗律形式的“三连韵”是其表层，诗的深层则是三层人物关系及复调视点的“三重奏”：第一层是独白者——一个英国人，他正在弹奏加卢皮的曲子，第二层是独白者从曲中听到的加卢皮的声音,第三层是从加卢皮的声音中折射出来的加卢皮当代威尼斯听众的形象和情感;并通过复调的相互应答,发生了上述三方间的对话。请注意:三方的思想情感和对生命的态度是不同的,三方观点互相交织,互相问答,互相冲突又互相感应,共同组成了这首"托卡塔诗"。

下面,让我们做一项艰难的工作:试着来分析诗中"三重奏"的三方。

独白者。他是一个与勃朗宁同时代的英国人,但并非勃朗宁,这从"我从未离开过英国"这句话就看得出来,而且他的思想性格也与勃朗宁有别。作为一个十九世纪中叶(维多利亚时代)的英国人,他的基本特征是崇尚科学和伦理道德;有教养,比较单纯、严谨,甚至保守;由于英国成了"日不落帝国",当代英国人大都志得意满,但这位独白者倒并非头脑简单的倨傲之辈,尽管他埋头于科学研究,崇尚理性,但也还没到以科学和理性主义排除感性的程度,他对音乐也颇为敏感,能够从加卢皮的托卡塔曲中听出弦外之音。

独白者没有出过国,他心目中的威尼斯是个引人遐思的罗曼蒂克之城,他从音乐中仿佛身历其境地神游了威尼斯,见到了水城威尼斯的著名景色和异国风情:富丽堂皇的圣马可大教堂、富于威尼斯风情的"与海结婚"的仪式,还有著名的夏洛克桥,这里曾经是全欧洲的商业中心。尽管独白者比较严谨保守,但对威尼斯充满生命活力的五月狂欢不免心向往之。

然而从托卡塔曲中传出的加卢皮的声音超出了英国人的期待,使他神经颤栗。加卢皮的声音是复杂的:他是"洛可可"风格的音乐家,在十八世纪的欧洲,纤巧华丽的洛可可风格已经取代了十七世纪崇高怪诞的巴罗克风格,而风靡于各个艺术领域。例如,洛可可式的建筑中喜用贝壳的旋涡纹及花草装饰,用镀金、象牙色调和四壁巨大的玻璃镜面构成光辉灿烂的梦幻世界;洛可可式的音乐和美术也追求优雅妩媚,而往往流于轻浮风流,反映着没落贵族阶级享乐主义的时尚趣味。然而杰出的艺术家不在此例,尽管他们不得不卑躬屈膝地为上层社会服务,但即便在这种服务之中也能保持自己的距离和独立,如法国画家华托在画贵族男女寻欢作乐场景时会透出一股忧郁的哀伤,加卢皮也跟他一样,在欢快的旋律中会透出一股冷峻的讥诮——如果听者善于回味的话,会觉得他在一手制造迷人的欢乐幻象,一手又将它无情地戳穿和毁灭。加卢皮以洞察者的视力和“复调”的音乐语言,深刻地表现了,同时悲观地揭示了洛可可时代威尼斯的生活和风情。

从以上分析可见,独白者是复杂的,加卢皮也是复杂的,相比之下,加卢皮的当代听众要稍微简单一点,他们是威尼斯上层社会耽于寻欢作乐的青年人,懂得风雅,也稍稍懂点儿艺术。独白者的眼前似乎呈现一对恋人在假面舞会上听加卢皮的古钢琴演奏——表现还挺不错哩:“当我听大师演奏时,我能做到一句话都不讲!”——但是他们所懂有限,大运河上两头翘的贡多拉船还在等着他们,爱的游戏还在等着他们呢。(当代听众,大概往往如此。)

诗中提到的“小三度音”通常表现悲伤情调;罕见的“减六度音”只用于悬留音中,效果异常忧郁;在和声中“属音”和“七度音”同时出现于七属和弦,它的持续能把人的听觉强烈地引向在主和弦上的最终“解决”。这里加卢皮(或勃朗宁?)暗指的是生命的矛盾及其不可避免的最后终结。

当代听众们,在为他们演奏的加卢皮看来,是些愚蠢的“蝴蝶”,他们听不懂,只懂寻欢;但身处古板的科学主义和理性主义时代的英国人听懂了,颤栗了。他听懂了加卢皮音乐深层的讥诮,而且进一步,他又听懂了加卢皮对“灵魂不灭”的讥诮,也包括对这位英国科学工作者的隐隐讥诮。尽管在表面上,加卢皮只讽刺十八世纪威尼斯寻欢作乐的“蝴蝶”们,而对科学家表示了敬意和区别对待,但是独白者还是感到加卢皮关于“尘与灰”的断言的冰冷的威力也触到了自己,并且从而竟对“蝴蝶”产生了异乎寻常的同情:“你这样唧唧吟唱,而我却不忍心责备。死去的美女多么可爱,披满酥胸的金发多么美……”这几乎像是法朗士的小说《黛依丝》中,高僧巴弗努斯受爱欲幻想的诱惑而背弃自己的一生苦修时说的话。

是的,生命的斯芬克司之谜触及每个人。

对大家共同的问题是:每个人都要付出“一死”的代价,以换取生命的意义。你换到了什么?意义在何方?——寻欢,对吗?错吗?弃绝寻欢,对吗?错吗?《加卢皮的托卡塔曲》展示的是三方交错的三重奏,而不是答案,也不是说教。勃朗宁有自己的看法吗?应当有,但是不说,余味留给读者去品味。这是勃朗宁聪明的地方。

难忘的记忆

1

你是否有一次和雪莱见面？
　他有没有站下来对你说话？
你又有没有同他对谈？
　常新的记忆多么令人惊诧！

2

尽管在此之前就生活过，
　在此之后生活也未终了，
我只对这段记忆感到惊愕，
　我的惊愕却使人失笑。

3

我走过沼泽，它自有名字，
　而且在世界上想必有用，
但我只见一寸闪光的土地
　在数十里茫茫空阔之中，——

4

因为我在那儿石南丛间

拾到一根鸟羽——鹰之羽！

我把它珍藏在我胸前，

于是，我就忘却了其余。

Memorabilia[1]

I

Ah, did you once see Shelley plain,
  And did he stop and speak to you?
And did you speak to him again?
  How strange it seems, and new!

II

But you were living before that,
  And also you are living after;
And the memory I started at—
  My starting moves your laughter.

III

I crossed a moor, with a name of its own
  And a certain use in the world no doubt,
Yet a hand's-breadth of it shines alone
  'Mid the blank miles round about;

IV

For there I picked up on the heather

And there I put inside my breast
A moulted feather, an eagle-feather!
Well, I forget the rest.

注释

[1] Memorabilia，拉丁文，值得纪念的事、纪念品或经历（复数形态）。单数形态是 memorabilis。

评析

一瓣心香祭诗魂

《难忘的记忆》一诗是勃朗宁为纪念前辈诗人雪莱而作的，不属于典型的戏剧独白诗。我们知道，勃朗宁少年时代曾经崇拜和仿效过浪漫主义代表诗人雪莱，但是由于时代已经不同，勃朗宁在模仿“主观化”诗风失败后便与浪漫派分道扬镳，另创“客观化”诗风的新路，终于成为“浪漫主义以后”的主要代表诗人。

顺便在这里说明一下“浪漫主义以后”这个概念：浪漫主义思潮在欧洲大陆虽然绵延到1848年，但在英国则早在1830年或1832年就基本结束了。在浪漫主义以后直到二十世纪初现代派诗歌兴起之前，横亘着一个诗歌多元化（包括现实主义、唯美主义、象征主义等思潮争雄）的时期，这个时期在英国文学史上被特称为维多利亚时代。值得注意的是，在这个时代，与勃朗宁齐名的桂冠诗人丁尼生虽以他的科学怀疑主义和“半唯美主义”表现了维多利亚时代的精神，但他的戏剧独白诗（与勃朗宁的不同）仍然带有浪漫主义式的抒情性，诗人和诗中的独白者也往往严重“同化”；而十九世纪后半期的先拉斐尔派诗人群，尽管属于唯美主义思潮，但其主观化倾向和对中古的向往却使他们又获得了“新浪漫派”的别号。所以这个时代真正与浪漫派分道扬镳的诗歌革新家当属勃朗宁无疑。他的客观化、他的心理分析、他的戏剧独白等创造都是开拓性的，为二十世纪现代诗开辟了新的路径。

当然,在客观化、戏剧化的底层,勃朗宁内心仍深藏着雪莱式的诗人理念——诗人的使命是像先知般说出真理,这使他与浪漫主义仍保持着亲缘联系。正因此,勃朗宁也成了哈罗德·布卢姆"误读"理论的主要例证。布卢姆著名的"影响的焦虑"和"误读"理论是吸取精神分析学说而提出来的,这一理论认为每个强者诗人都焦虑地生活在某个前辈强者诗人的影响下。由于"俄狄浦斯情结",迟来者作为"儿子",必须反抗其"父亲",以求拓展出一块自己的天地。这一理论对说明文学史的摆动和逆反现象很有价值。但布卢姆把"迟来"诗人的每首诗都看作对前辈诗人某诗的误读和改写,如把勃朗宁的《罗兰公子来到了暗塔》看作对雪莱《西风颂》的误读和改写(作为精神分析的一种抵抗方式),使人觉得还是稍嫌牵强。一部诗歌史或文学史就是一部思潮流派不断更迭的历史,究其原因应是多方面的,有文学自身的原因,包括场性摆动和逆反,也有社会变迁的原因,而且,创新者的主动创造必然要超过被动抵抗。

"江山代有才人出,各领风骚数百年。"从近代到现代,节奏加快了,新流派层出不穷,有时各领风骚只不过数十年、十数年时间。与之相伴生的现象是"俄狄浦斯情结"倒似乎大为发展了,诗人相轻与"代沟"于今为烈。一方面是新派常受蔑视和打击;另一方面是有些新派不是靠自己的继承、扬弃和创新真正达到领风骚的水平,而是企图靠骂倒自己的直接前辈以取而代之。这种情形,有些大诗人年轻气盛时也难免,如马雅可夫斯基宣称"把普希金、陀思妥耶夫斯基、托尔斯泰从现代生活的轮船上扔出去"(他成熟后对此作了有意识的改正和补救)。与此对照,勃朗宁在《难忘的记忆》中对直接前辈的态度令人感动。

雪莱比勃朗宁年长二十岁,本来二人应该是有可能见面的,就像维吉尔与贺拉斯、李白与杜甫见面那样。不幸的是,雪莱在三十岁上英年早逝,当时勃朗宁只有十岁,四年后勃朗宁才开始读雪莱的诗并崇拜雪莱,但已无缘见面了。所以诗中纪念的是他们未能实现的“见面”。请注意诗中的人称从第二人称向第一人称的变化。其中,第一人称代表勃朗宁,第二人称代表的却是另一个见到雪莱的人。原来这首诗也含有“戏剧性”,其中说的是对一次“间接见面”的记忆——

有一次,在伦敦著名的霍奇森书店里,勃朗宁听到一个不相识的人向店主讲述雪莱对他说的话,引得惊讶的勃朗宁对他“瞠目而视”,陌生人见状不禁大笑起来。勃朗宁在多年之后回忆说:“我至今清清楚楚地记得我遇到一个曾见过雪莱、与雪莱说过话的人时所受到的震动。”

后来勃朗宁与雪莱在诗风上已经分道扬镳,加之勃朗宁自己对爱情十分专注,故在得知雪莱离弃哈丽特的真相后,改变了对雪莱的看法和评价。尽管如此,勃朗宁却在自己已经终成大师之际,回忆往年书店里的遭遇,写下了这首真诚的纪念雪莱的诗。

这首诗表现的,已不是十四岁少年的天真崇拜,而是新一代诗人对前辈的诚挚敬仰。诗中对雪莱着墨不多,实际上仅集中在一个极为精练的意象上——“鹰之羽”——这三字十分传神,与杜甫忆李白诗中高度概括的“飘然思不群”可谓异曲而同工。说来也巧,勃朗宁与杜甫都属大器晚成的诗人,成熟时期的勃朗宁诗风之背离雪莱,也与杜甫诗风之背离李白相似。尽管风格流派各异,甚至已是南辕北辙、各领风骚,但他们对前辈诗人的敬仰之心并不因此而消减。

“鹰之羽”象征之精当,是因为雪莱是风、云、大气的歌者,而且体现了高扬的理想主义。勃朗宁与雪莱的诗风看似毫无共同之处,可是在灵魂中却仍有一脉相通,这“心有灵犀”的一点,就是对理想的热情追求、对终极的关怀,以及奋斗不息的精神。

安德烈,裁缝之子

(他被称为“完美无瑕的画家”)

不过让咱俩别再吵嘴了吧,
我的露克蕾吉亚,这一次请你容忍,
坐下吧,一切都会使你如愿的。
你转过脸来了,心是否转过来呢?
我将为你的朋友的朋友工作,别担心,
就依他的题目,依他的方式,
依他的期限,也依他的价钱,
等你下次握住我的手时(温柔些?)
我一定把钱放进你的手心。
哦,我会满足他,——等明天,我的爱!
我常常比你想象的更加疲倦,
特别是今天晚上,看起来似乎——
请你原谅——只要你能让我
握住你的手坐在这扇窗口,
遥望菲索勒半个小时之久,
像伉俪们通常那样心心相印,
静静地、静静地度过整个黄昏,
那么我明天又会生气蓬勃,
起来做我的工作。让我们试试。

明天你准会为此而感到高兴！
你柔软的小手本身是个女人，
而我的手是男子赤裸的胸膛，——
就让她这样蜷伏在我的手心。
别以为这是浪费时间，你必须
为我们所需的五幅画服务，
这就可省掉模特儿。对，就保持
这模样，我的盘旋缠绕的蛇美人！
——你怎么能扎穿如此美好的耳朵，
哪怕是为了戴珍珠？啊，这么甜美——
我的明月——我的人人与共的明月，
人人观赏并称之为自己的，
但我猜想是大家轮流观赏的，
瞧她顾盼四方，不属于谁，
却并不疏远，仍是那么亲切！
你笑了？这真是我现成的画幅，
这就是我们画家所说的和谐！
一片浅灰把万物化成了银色，
一切都沉入了黄昏，你我都一样，——
在你，是你最初为我感到的骄傲
（如今已经消逝）；在我，则是一切——
我的青春、希望和艺术，全部
溶入了远方菲索勒柔和的暗色。

礼拜堂的钟楼上晚钟丁当，
路对面修道院的一段围墙
紧围着树木，最后一个修道士
离开了庭园；白昼日渐缩短
而秋露渐浓，秋意浸透了万物。
不是吗？一切都似乎陷入了朦胧，
就像我眼中我的工作和自身，
就像我注定的一生事业和生命，——
一幅黄昏图！爱人啊，我们在上帝掌中。
他叫我们过的生活多奇怪呀！
我们貌似自由，实则镣铐紧锁！
我感到他锁住我。就让他锁吧！
比如说这房间——请转回头来
看看后面的一切！你不懂得
而且也不愿懂得我的艺术，
但是你起码能听到人们的评论，
看那幅壁画草图，门口第二幅，
——那真是杰作呢，亲爱的！瞧这圣母，
我敢大胆地说：就该这样画！
我能用笔画出我所知道的，
我所看见的，我在心底追求的，
（只要我能有这样深远的追求！）
而且画得轻易，甚至可说是完美，

这大概不算夸口，你自己能判断，——
你上周听过教皇特使的评语，
在法国，我也受过同样的赞誉。
无论如何，这一切都很轻易，
我不必画习作，也不必打草稿，——
我所做的是许多人毕生的梦想，
岂止梦想？他们痛苦挣扎，追求，
而终于失败！掰你的手指数两遍，
我能数出二十个这样的人，
而且不出这个城！他们在奋斗——
你想象不出别人在如何苦斗，
力求画出一件小小的作品，
就像你刚才不经心地走过时
飘拂的长袍擦糊的那一幅一样，——
而他们追求的目标比这还低，
有人说（我知道他的名字，不必提），
低得多啊！可是，露克蕾吉亚，
低就是高，我躲不掉评判。
在他们焦急的搏动的充塞的脑中、
心中、到处，有一种更真挚的
神的灵光在燃烧，胜过了激发我
这只脉搏低微的巧匠的手。
他们的作品落地，可他们自己呢，

我知道他们已有好多次达到了
一个对我关闭的天国，确确实实，
他们进了门，找到了位置，
尽管回来时不能对这世界说。
我的画更接近天，我却坐在此地。
这些人的血气盛，或褒或贬，
一个字就足以使他们热血沸腾。
而我却从自己出发，归到自己，
画我自己的，对人们的褒贬
我一概无动于衷。有人觉得
莫雷洛山的轮廓似乎勾错了，
色彩也弄错了，那又怎么的？
或者说它准确匀称，那又怎样？
随人怎么说，山根本不予理会！
可是人的“企及”要超过他的“把握”，
否则何必要天国？一切都是银灰，
我的画宁静而完美，——这却不妙！
我知道我的缺陷和我的潜力，
可是我只能发出无谓的叹息：
“只要我是两人——自我和另一人，
那我们一定能俯视全世界！”一定！
那边有幅画，是乌尔比诺地方
著名的青年画的，他五年前死了。

（这幅画是瓦萨里送给我的临摹品。）
我能想象他如何画成此画，
国王们、教皇们看着他，他倾注灵魂，
他企及高处，他为天让路，让天
超过和通过他的艺术予以补足。
那条臂膀画错了，还有些错处，
线条上有些可以原谅的瑕疵，
形体有缺陷，而灵魂却正确，
连孩童都明白，他有正确的立意。
不过那臂膀真糟糕，而我能修正它，
可是我的全部活力、眼力和魄力
离开了我，离开了我！为什么？
如果你命我达到这一切，赋予我灵魂，
咱俩本来能升到拉斐尔的水平。
不错，我所要求的你都给了我，
我想，比我应得的还多得多。
可是除了你完美无瑕的眉，
完美的眼，比完美更完美的嘴，
以及我灵魂听到的柔和的声音
（像小鸟听到捕鸟人的笛音
并随之走进陷阱），除了这一切，
你能不能再增添一样——心灵？
有些女性能！只要你怂恿一声：

“追求上帝与光荣,别追求金钱!
用未来衡量现在,金钱值什么?
为名誉而生吧,与米开朗琪罗并肩!
拉斐尔等着呢:三人一同升向上帝!”
我本可以做到的,只要是为了你!
但也许,上帝的安排无法改变,
况且,动因来自灵魂本身,
其他都无补于事。我为何需要你?
拉斐尔、米开朗琪罗哪有妻室?
我明白,在此人世间总是如此——
能者不愿,而愿者不能;尽管
意志和能力各自平分秋色,
我们——“半人”们就这样挣扎不息。
我估计上帝最终会补偿,会惩罚,
如果他裁决严明,对我倒更保险,
因为我在这儿总有点受人轻视,
说实话,这些年来都遭到贬斥。
你可知道,我不敢离家太久,
怕的是遇见那些巴黎贵族。
他们走过时扭转头去倒好,
但有时我只得忍受他们的挖苦。
他们自有话说!那法王的盛情,
那枫丹白露长年的歌舞宴饮!

当年,我有时的确能飞离地面,
穿一身荣光——拉斐尔的日常服装,
在亲切而伟大的君王御前,——
陛下嘴边露出优雅的笑容,
一个手指放在捻起的胡髭中,
一只手搭着我的肩,围着我的颈,
他的金链就在我耳畔丁当,
我就在他的呼吸下骄傲地作画,
他的全部朝臣簇拥着他,
用他的眼睛看——那些真挚的
法国眼睛,那慷慨的灵魂之火,
紧挨着那些心,我的手辛劳不休;
但最好的是这张脸,这张脸哪,
在远处,在背后伴随我的工作,
给我的成果以最后、最高的报酬!
那真是好时光,君王般的日子!
要不是你越来越焦躁不安……
但我知道,这都已成为过去,
我的直觉告诉我:这样是对的。
生活太鲜艳了,金色代替了灰色,
而我却是只蝙蝠,视力微弱,
谷仓的四壁构成了它的世界,
太阳岂能诱它飞出仓外?

事情不可能有别的结局，——
你呼唤我，我就回到你的心边。
在这儿找到归宿就是凯旋，
那么，我在凯旋前达到这儿，
又有何损失可言？让我用双手
把你的脸镶在鬈发的黄金中间，
你是我的！美丽的露克蕾吉亚！
人们会原谅我的："拉斐尔画了这，
安德烈画了那。在做祷告的时候
拉斐尔的圣母更好；可是要知道，
另一位画的圣母是他的妻子呀！"
我高兴当你面评论这两幅作品，
我确信，我的运气占了上风。
因为，你可知道，露克蕾吉亚，
千真万确：有一天米开朗琪罗
确曾亲口对拉斐尔说过
（当时这年轻人正把思想之火
喷在宫墙上，给整个罗马欣赏，
心情正为这幅画过分飞扬），
我早就知道他说过这样的话：
"老弟，有一个可怜的小伙计
在我们佛罗伦萨游荡，无人注意。
如果把他放在你的位置上，

受教皇和国王鞭策,而大展宏图,
他准会使你汗颜!”——使拉斐尔汗颜!
真的,那条臂膀画得不对,
我不大敢……不过,只改给你看,
给我粉笔——快!线条该这样走!
唉,但是灵魂呢?他是拉斐尔呀!
把这擦掉!——如果他说的是事实,
(哪个他?就是米开朗琪罗呀,
我刚说的,你就忘记了吗?)
如果我当真错失了这样的机会,
我关心的也仅仅是:你是否
更加高兴,——尽管你不会感激。
就让我这样想吧。你真的微笑了!
这一个小时真值得!再笑一回吧?
如果你肯这样每夜坐在我身边,
我准会画得更好,你理解么?
我的意思是我会赚更多的钱给你。
瞧,暮色已经苍茫,亮了一颗星,
山梁已不见,更灯照出了墙影,
枭鸟发出了“叽呜叽呜”的啸鸣。
离开这窗边吧,爱人,请你终于
进入这所咱俩为欢乐而建的
忧郁的小屋吧。上帝是公正的。

请法朗索瓦王原谅！——每当夜间
我作画过度疲劳而抬眼凝望，
四壁都会发光，所有的砖缝里
不见灰泥，只见我砌这房子
花掉的法王的黄金光芒夺目！
只要我们能相爱……你一定得走吗？
那个表哥又来了？他在外面等？
非见不可——见你不见我？债务？
又添了赌债？你刚才微笑是为这？
好吧，一笑千金哪！你还能再给吗？
当我还有手，有眼，和一点儿心，
工作是我的商品，但能值几文？
我将为我的幻想付钱，只要让我
坐完这个傍晚的灰色的残余，
如你所说偷点儿闲，并且沉思：
要是我回到法国，我将怎样
画一幅画——只画一幅圣母像，
这次画的不是你！我要在你身边
听听他们——我是说听米开朗琪罗
评价我的作品，告诉你它的价值。
你愿吗？明天我满足你的朋友。
就画他走廊里所需要的题材，
肖像画马上完成，——好了，好了，

如果他嫌少,再给他加一两件
作为添头,加起来我看足够
为这表哥的赌瘾还债。此外,
更好的是,我所关心的也只是:
为你赚十三块银币买一个花皱领!
我爱,这使你高兴吗?可是他——这表哥!
——他做了什么事使你更高兴呢?

我今夜进入了暮年似的平静。
我很少遗憾,更缺少改变的意愿。
既往如是,又何必把它改变?
我对不起法朗索瓦!——这是事实,
我挪用他的钱,受诱惑听从了你,
盖这房子是我之罪,事已至此。
我父亲和我母亲都死于穷困。
但我发了财吗?如你所看到的,
人哪里能发财!让各人承担命运吧。
他们生来穷,活得穷,也死得穷,
我在我的时辰里没少干活,
也没得丰厚的报酬。哪个孝顺儿子
想画我这两百幅画——叫他试试!
无疑的,有种力量在维持着平衡。
看来,今夜你爱我爱得够多了。

在人间，我该满足了。人能得到什么？
在天上，也许还能得到新机会——
再一次机会：天堂有四面巨墙，
天使用天尺量出，分布四方，
让达·芬奇、拉斐尔、米开朗琪罗与我
画上壁画。——前三人都没有妻室，
唯独我有！所以他们仍将获胜，
因为即便到了天堂。仍将有
露克蕾吉亚——这是我的选择。

表哥又吹口哨了！去吧，我的爱。

Andrea del Sarto[1]

(Called "the faultless painter"[2])

But do not let us quarrel any more,
No, my Lucrezia[3]; bear with me for once:
Sit down and all shall happen as you wish.
You turn your face, but does it bring your heart?
I'll work then for your friend's friend, never fear,
Treat his own subject after his own way,
Fix his own time, accept too his own price,
And shut the money into this small hand
When next it takes mine. Will it? tenderly?
Oh, I'll content him,—but to-morrow, Love!
I often am much wearier than you think,
This evening more than usual, and it seems
As if—forgive now—should you let me sit
Here by the window with your hand in mine
And look a half-hour forth on Fiesole,[4]
Both of one mind, as married people use,
Quietly, quietly the evening through,
I might get up to-morrow to my work
Cheerful and fresh as ever. Let us try.

To-morrow, how you shall be glad for this!
Your soft hand is a woman of itself,
And mine the man's bared breast she curls inside.[5]
Don't count the time lost, either; you must serve
For each of the five pictures we require:
It saves a model. So! keep looking so—
My serpentining beauty, rounds on rounds!
—How could you ever prick those perfect ears,
Even to put the pearl there! oh, so sweet—
My face, my moon, my everybody's moon,
Which everybody looks on and calls his,
And, I suppose, is looked on by in turn,
While she looks—no one's: very dear, no less!
You smile? why, there's my picture ready made,
There's what we painters call our harmony!
A common grayness silvers everything,—[6]
All in a twilight, you and I alike
—You, at the point of your first pride in me
(That's gone you know),—but I, at every point;
My youth, my hope, my art, being all toned down
To yonder sober pleasant Fiesole.
There's the bell clinking from the chapel-top;
That length of convent-wall across the way

Holds the trees safer, huddled more inside;
The last monk leaves the garden; days decrease
And autumn grows, autumn in everything.
Eh? the whole seems to fall into a shape
As if I saw alike my work and self
And all that I was born to be and do,
A twilight-piece. Love, we are in God's hand.
How strange now, looks the life he makes us lead;
So free we seem, so fettered fast we are!
I feel he laid the fetter: let it lie!
This chamber for example—turn your head—
All that's behind us! you don't understand
Nor care to understand about my art,
But you can hear at least when people speak:
And that cartoon, the second from the door
—It is the thing, Love! so such thing should be—
Behold Madonna! —I am bold to say.[7]
I can do with my pencil what I know,
What I see, what at bottom of my heart
I wish for, if I ever wish so deep—
Do easily, too—when I say, perfectly,
I do not boast, perhaps: yourself are judge,
Who listened to the Legate's talk last week,

And just as much they used to say in France.
At any rate 'tis easy, all of it!
No sketches first, no studies, that's long past:
I do what many dream of all their lives,
—Dream? strive to do, and agonize to do,
And fail in doing. I could count twenty such
On twice your fingers, and not leave this town,
Who strive—you don't know how the others strive
To paint a little thing like that you smeared
Carelessly passing with your robes afloat,—
Yet do much less, so much less, Someone says,
(I know his name, no matter)—so much less!
Well, less is more, Lucrezia: I am judged.
There burns a truer light of God in them,
In their vexed beating stuffed and stopped-up brain,
Heart, or whate'er else, than goes on to prompt
This low-pulsed forthright craftsman's hand of mine.
Their works drop groundward, but themselves, I know,
Reach many a time a heaven that's shut to me,
Enter and take their place there sure enough,
Though they come back and cannot tell the world.
My works are nearer heaven, but I sit here.
The sudden blood of these men! at a word—

Praise them, it boils, or blame them, it boils too.
I, painting from myself and to myself,
Know what I do, am unmoved by men's blame
Or their praise either. Somebody remarks
Morello's[8] outline there is wrongly traced,
His hue mistaken; what of that? or else,
Rightly traced and well ordered; what of that?
Speak as they please, what does the mountain care?
Ah, but a man's reach should exceed his grasp,
Or what's a heaven for? All is silver-gray
Placid and perfect with my art: the worse!
I know both what I want and what might gain,
And yet how profitless to know, to sigh
"Had I been two, another and myself,
Our head would have o'erlooked the world!" No doubt.
Yonder's a work, now, of that famous youth
The Urbinate[9] who died five years ago.
('Tis copied, George Vasari[10] sent it me.)
Well, I can fancy how he did it all,
Pouring his soul, with kings and popes to see,
Reaching, that heaven might so replenish him,
Above and through his art—for it gives way;
That arm is wrongly put—and there again—

A fault to pardon in the drawing's lines,
Its body, so to speak: its soul is right,
He means right—that, a child may understand.
Still, what an arm! and I could alter it:
But all the play, the insight and the stretch—
Out of me, out of me! And wherefore out?
Had you enjoined them on me, given me soul,
We might have risen to Rafael, I and you!
Nay, Love, you did give all I asked, I think—
More than I merit, yes, by many times.
But had you—oh, with the same perfect brow,
And perfect eyes, and more than perfect mouth,
And the low voice my soul hears, as a bird
The fowler's pipe, and follows to the snare—
Had you, with these the same, but brought a mind!
Some women do so. Had the mouth there urged
"God and the glory! never care for gain.
The present by the future, what is that?
Live for fame, side by side with Agnolo!
Rafael is waiting: up to God, all three!"
I might have done it for you. So it seems:
Perhaps not. All is as God overrules.
Beside, incentives come from the soul's self;

The rest avail not. Why do I need you?
What wife had Rafael, or has Agnolo?
In this world, who can do a thing, will not;
And who would do it, cannot, I perceive:
Yet the will's somewhat—somewhat, too, the power—
And thus we half-men struggle. At the end,
God, I conclude, compensates, punishes.
'Tis safer for me, if the award be strict,
That I am something underrated here,
Poor this long while, despised, to speak the truth.
I dared not, do you know, leave home all day,
For fear of chancing on the Paris lords.
The best is when they pass and look aside;
But they speak sometimes; I must bear it all.
Well may they speak! That Francis, that first time,
And that long festal year at Fontainebleau![11]
I surely then could sometimes leave the ground,
Put on the glory, Rafael's daily wear,
In that humane great monarch's golden look,—
One finger in his beard or twisted curl
Over his mouth's good mark that made the smile,
One arm about my shoulder, round my neck,
The jingle of his gold chain in my ear,

I painting proudly with his breath on me,
All his court round him, seeing with his eyes,
Such frank French eyes, and such a fire of souls
Profuse, my hand kept plying by those hearts,—
And, best of all, this, this, this face beyond,
This in the background, waiting on my work,
To crown the issue with a last reward!
A good time, was it not, my kingly days?
And had you not grown restless...but I know—
'Tis done and past; 'twas right, my instinct said;
Too live the life grew, golden and not gray,
And I'm the weak-eyed bat no sun should tempt
Out of the grange whose four walls make his world.
How could it end in any other way?
You called me, and I came home to your heart.
The triumph was—to reach and stay there; since
I reached it ere the triumph, what is lost?
Let my hands frame your face in your hair's gold,
You beautiful Lucrezia that are mine!
"Rafael did this, Andrea painted that;
The Roman's is the better when you pray.
But still the other's Virgin was his wife"—
Men will excuse me. I am glad to judge

Both pictures in your presence; clearer grows
My better fortune, I resolve to think.
For, do you know, Lucrezia, as God lives,
Said one day Agnolo, his very self,
To Rafael...I have known it all these years...
(When the young man was flaming out his thoughts
Upon a palace-wall for Rome to see,
Too lifted up in heart because of it)
"Friend, there's a certain sorry little scrub
Goes up and down our Florence, none cares how,
Who, were he set to plan and execute
As you are, pricked on by your popes and kings,
Would bring the sweat into that brow of yours!"
To Rafael's! —And indeed the arm is wrong.[12]
I hardly dare...yet, only you to see,
Give the chalk here—quick, thus the line should go!
Ay, but the soul! he's Rafael! rub it out!
Still, all I care for, if he spoke the truth,
(What he? why, who but Michel Agnolo?
Do you forget already words like those?)
If really there was such a chance, so lost,—
Is, whether you're—not grateful—but more pleased.
Well, let me think so. And you smile indeed!

This hour has been an hour! Another smile?
If you would sit thus by me every night
I should work better, do you comprehend?
I mean that I should earn more, give you more.
See, it is settled dusk now; there's a star;
Morello's gone, the watch-lights show the wall,
The cue-owls speak the name we call them by.
Come from the window, love,—come in, at last,
Inside the melancholy little house
We built to be so gay with. God is just.
King Francis may forgive me: oft at nights
When I look up from painting, eyes tired out,
The walls become illumined, brick from brick
Distinct, instead of mortar, fierce bright gold,
That gold of his I did cement them with!
Let us but love each other. Must you go?
That Cousin here again? he waits outside?
Must see you—you, and not with me? Those loans?
More gaming debts to pay? you smiled for that?
Well, let smiles buy me! have you more to spend?
While hand and eye and something of a heart
Are left me, work's my ware, and what's it worth?
I'll pay my fancy. Only let me sit

The gray remainder of the evening out,
Idle, you call it, and muse perfectly
How I could paint, were I but back in France,
One picture, just one more—the Virgin's face.
Not yours this time! I want you at my side
To hear them—that is, Michel Agnolo—
Judge all I do and tell you of its worth.
Will you? To-morrow, satisfy your friend.
I take the subjects for his corridor,
Finish the portrait out of hand—there, there,
And throw him in another thing or two
If he demurs; the whole should prove enough
To pay for this same Cousin's freak. Beside,
What's better and what's all I care about,
Get you the thirteen scudi for the ruff!
Love, does that please you? Ah, but what does he,
The Cousin! what does he to please you more?

I am grown peaceful as old age to-night.
I regret little, I would change still less.
Since there my past life lies, why alter it?
The very wrong to Francis! —it is true
I took his coin, was tempted and complied,

And built this house and sinned, and all is said.
My father and my mother died of want.
Well, had I riches of my own? you see
How one gets rich! Let each one bear his lot.
They were born poor, lived poor, and poor they died:
And I have labored somewhat in my time
And not been paid profusely. Some good son
Paint my two hundred pictures—let him try!
No doubt, there's something strikes a balance. Yes,
You loved me quite enough, it seems to-night.
This must suffice me here. What would one have?
In heaven, perhaps, new chances, one more chance—
Four great walls in the New Jerusalem,
Meted on each side by the angel's reed,
For Leonard, Rafael, Agnolo and me
To cover—the three first without a wife,
While I have mine! So—still they overcome
Because there's still Lucrezia,—as I choose.

Again the Cousin's whistle! Go, my Love.

注释

[1] 意大利文艺复兴时代著名画家安德烈·德尔·萨托(1486—1530),“德尔·萨托”在意大利语中是“裁缝之子”的意思。

[2] 安德烈的绘画艺术优美绝伦,被称为“完美无瑕的画家”。

[3] 此诗是安德烈对他的妻子和模特露克蕾吉亚的独白。露克蕾吉亚被认为是“完美无瑕的美人”。

[4] Fiesole(菲索勒),佛罗伦萨附近山上的一个小镇。

[5] 原诗第21—22行译文增加一行。按:此诗是无韵素体诗,因无韵,翻译时为免于散文化,须把重点放在节奏上,不能把诗行拖泥带水地拉长,但又要把原意充分表达出来,故译文偶尔会比原文增加行数,造成中英文行数不对称。行末标注行数以英文原文为准,全书同。

[6] 银灰色是安德烈的标志性颜色,尤其在他的壁画中。他作画色调和谐,以善用各种层次的灰度著称。

[7] 安德烈有多幅圣母像传世,全是以露克蕾吉亚为模特的。

[8] Morello(莫雷洛),佛罗伦萨北郊山名。

[9] The Urbinate,指拉斐尔,他于1520年病逝,年仅三十七岁;五年后的安德烈(他比拉斐尔年轻三岁)应为三十九岁。

[10] George Vasari(乔治·瓦萨里),画家和美术史家,安德烈的学生。

[11] Fontainebleau,枫丹白露在巴黎附近,是著名的行宫。

[12] 研究者认为,这里指的是现藏卢浮宫的拉斐尔圣母像里,小耶稣左臂有不自然的扭曲。

评析

“完美”咏叹调

现代语言学大师,布拉格学派理论家罗曼·雅可布森把翻译分为语内翻译、语际翻译和符际翻译三种。“符际翻译”指的是不同符号系统之间的翻译,例如以十字路口的红绿灯符号系统表达“停止”和“通行”等语言概念,即为一例。红绿灯式的符号翻译是简单的,远为复杂微妙的还有不同艺术种类之间的“符际翻译”。我们知道,艺术史上确实也流传着一些不同艺术种类间成功“翻译”的佳话,例如法国中世纪末诗人维庸表现美人迟暮的名诗《美丽的制盔女》,后来在罗丹手里化作了震撼人心的同名雕塑;象征派诗人马拉美的名诗《牧神的午后》,被德彪西翻译成同名的交响诗,成为印象主义“朦胧”音乐的奠基作;勃朗宁的戏剧独白诗《安德烈,裁缝之子》,则是从意大利文艺复兴画家安德烈·德尔·萨托的名画翻译成诗歌语言的。

原来,在安德烈传世的名画中,有一幅自画像《画家和妻子》,藏于佛罗伦萨比蒂宫。勃朗宁夫妇到意大利佛罗伦萨定居后,勃朗宁夫人的表兄约翰·凯尼恩因慕此画之名,要求勃朗宁设法弄一幅复制品寄到英国去,但是在照相印刷技术还未发展的年代,弄一幅复制品谈何容易!勃朗宁未能办成这件事,遂作此诗寄去,以此作为名画的“复制品”。这件用诗歌语言重新创造的精彩艺术品,其价值却是依样葫芦的照相或临摹画所根本不可比拟的!《安德烈,裁缝之子》因其绘画色彩之美与惊人的心理洞察深受当代与后世赞誉,与《利波·利比兄弟》同被列为勃朗宁艺术题材诗中的光辉杰作。不少人认为《安德烈,裁缝之子》是勃朗宁最美最优秀的作品,勃朗宁自己也意识到了这一点。在他晚年,每逢应邀朗诵之时,他选来朗诵的常常就是这首素体的无韵诗。

画家安德烈,通常音译为安德烈·德尔·萨托,是意大利文艺复兴时代佛罗伦萨画派的重要代表。他比文艺复兴早期的利波·利比晚生八十年,是米开朗琪罗和拉斐尔的同时代人,但比他们二人稍为年轻。安德烈生于裁缝家庭,意大利语的"德尔·萨托"就是"裁缝之子"的意思,他以此"代号"传世,真姓名反而埋没无闻了。安德烈童年学金匠,后从师学画,显露才华,因其构图、色彩、笔法技巧优美绝伦,故被称为"完美无瑕的画家"。但这位完美无瑕的画家为什么未能和达芬奇、米开朗琪罗、拉斐尔三巨人并肩而立呢?为什么他在灵感和魄力上会比三巨人稍逊一筹呢?这正是勃朗宁在此诗中探究的问题。勃朗宁在以诗笔复制名画的色彩和构图的同时,试图透过色彩和构图,解读安德烈的心灵。于是作为读者的我们需要对此诗作多层次的解读:既要解读勃朗宁的解读,也要解读勃朗宁。

1

第一步进入的是情节层。我们首先需要通过诗中的暗示,解读这首独白诗中基本的戏剧要素,弄清情节和背景。

时间:诗中说拉斐尔"五年前死了",而拉斐尔死于1520年,可见发生这次独白的时间是1525年。当时安德烈的年龄不过三十九岁,却已进入了生命的和艺术的黄昏期。(他自己于五年之后死于疫病,病中无人照料。)独白的季节是秋天,时辰则是黄昏,画面背景是安德烈偏爱的一片银灰色。这一切,汇成了一幅和谐的“黄昏图”。

地点:安德烈宅第中的画室。关于他这所房屋的来历,是有历史可考的。据记载,安德烈于1518年曾应法国国王法朗索瓦一世之邀,到法国枫丹白露宫作画,深受宠幸。他在枫丹白露完成了一些他的最佳作品,这段时间也是安德烈的黄金时代。但画了一年,他便为妻子露克蕾吉亚而回国。法王托他在意大利代购名画后再去法国,但安德烈为了讨妻子的欢心,或在妻子的诱使下,挪用法王托他购画的数额不小的款子建了房屋,并且从此无颜再见法王。这是影响安德烈艺术生涯的一个不可挽回的错误。这所房屋就是诗中所说“为欢乐而建的忧郁的小屋”。

对方:如同《画家和妻子》的画面所示,独白的对方就是画家的妻子,堪称完美无瑕的美人露克蕾吉亚。因为安德烈画画主要以她为模特儿,所以这位美人的形象我们可以从安德烈的那些优美的圣母像上见到,最著名的一幅就是《萨柯的圣母》。可惜露克蕾吉亚并不懂艺术,——我们发现安德烈在独白中每当谈到艺术问题时,总是不得不重新用金钱的话语翻译一遍,从而可以推断:这才是她能够听懂的语言。而且,此时她对安德烈的爱和为丈夫感到的骄傲已经消蚀净尽,如今连坐在这里假装一下恩爱伉俪也坐不住了,在安德烈说话时她表现得心不在焉。(勃朗宁对这一点表现得相当微妙。)

剧情:二人刚刚吵过嘴,现在安德烈寻求和解,迁就露克蕾吉亚,答应为她画一批商品画来满足她的要求,条件仅仅是要露克蕾吉亚让他握住她的手,陪他坐上一个黄昏,好让他能在幻想中重温一下爱情和艺术的理想。——二人同坐的镜头“定格”,就成为后来的名画《画家和妻子》。——在这宁静和谐的画面下,却包藏着复杂的滋味。

这篇独白,就是在二人同坐时,画家对妻子的“单方面的谈心”。称之为单方面,因为对方并没有“把心转过来”。但勃朗宁就凭这篇单方面谈心,把安德烈塑造成了整个勃朗宁戏剧人物画廊里一个心理内容异常复杂而丰满的形象。

《安德烈,裁缝之子》被公认为勃朗宁最成功、最微妙的独白诗之一;但也有人批评说:勃朗宁对安德烈不公平,因为事实上安德烈优美绝伦的圣母像“不能说是缺乏灵感的”,这已是现代的公论。而勃朗宁则是由于过分执着于他的“不完美”哲学,所以对被称为“完美无瑕的画家”的安德烈就偏偏不能宽容。[1]

不过,让我们说句公道话:勃朗宁写作此诗是尊重史实的,并非主观虚构。他根据的史料中,最主要的是著名美术史家瓦萨里的《名画家传》,诗中的重要情节都可从瓦萨里的书中找到依据;而瓦萨里曾是师从安德烈学画的学生,他的第一手资料当然具有最大的权威性。假如传记资料有出入,该是瓦萨里负责。例如,瓦萨里写的传记中说,安德烈的学生人人都受师母露克蕾吉亚虐待。瓦萨里会不会因此用春秋笔法来贬一贬露克蕾吉亚的形象呢?这,勃朗宁和我们就都不得而知了。现从瓦萨里的书中摘录关键性的两段,以资与勃朗宁的描写对照。

---

[1] 费尔普斯:《罗伯特·勃朗宁》,1932。

关于安德烈的评论：

我们已写了许多杰出画家的传记，他们中有的色彩出众，有的构图卓越，有的创意超群；现在我们终于写到了真正超群的安德烈·德尔·萨托，——由于构图、色彩和创意集于一身，在他身上艺术和气质的统一显示了绘画所能达到的一切可能性。假若这位大师具有稍微更勇敢些更高些的心志的话；假若他不仅在艺术天赋和判断力的深度上如此杰出，而且在高一层的条件上也同样杰出的话，他毫无疑问会独步艺坛，无人能比。可是他的天性中有某种羞怯，他缺乏自信和魄力，使他无法显现性格高扬者特具的激情和蓬勃的生气……他的人物画得很好，绝无瑕疵，比例完美无误……色彩精美绝伦，真乃巧夺天工。

关于露克蕾吉亚的评论：

当时圣高卢街上住着一位绝色美女，嫁给了帽匠，她尽管出身寒微，却生得气韵高傲，丽质迷人。她以俘获男人的心为乐事，而不幸的安德烈就是被她情网俘获者之一。对美人的过度迷恋不久就使他忽视了艺术所需的钻研，并在很大程度上停止了他对父母的支援。不久，露克蕾吉亚之夫病故，安德烈遂不顾一切，和她结婚。她的美丽对他是价值无比的，他对美人的爱压倒了他对正在上升前程无量的名望和荣誉的关心。但这一消息在佛罗伦萨传开后，友人们以前对安德烈的尊敬和感情化为了轻蔑和嫌弃，他们觉得这件丢脸的事在一段时间里遮黑了他的天才赢得的全部光荣和名声。而且他的这一行为不仅疏远了他的朋友,也破坏了自己的安宁,他不久就受妒忌之苦,并发现自己已落入一个工于心计的女人手中,她一切随心所欲,而他不得不唯命是从……但尽管安德烈生活在痛苦的折磨之中,却仍然心甘情愿,甘之如饴。[1]

2

第二步是进入该诗的心理层。

王国维提出:“诗人对宇宙人生,须入乎其内,又须出乎其外。入乎其内,故能写之;出乎其外,故能观之。入乎其内,故有生气;出乎其外,故有高致。”[2]这段精彩的概括,不仅对作《安德烈,裁缝之子》的诗人勃朗宁适用,而且对读《安德烈,裁缝之子》的读者也适用,只要把“故能写之”改成“故能读之”就行了。诗,本是读者参与程度最深的文学样式,而像《安德烈,裁缝之子》这样微妙的心理诗,若没有读者的深刻参与是无法做到“能读之”的。那么,就让我们和心理现实主义大师勃朗宁一同,以既入乎其内又出乎其外的方法,感受一下“完美无瑕的画家”的咏叹调吧。

需要指出,因为此诗是画的“翻译”,所以勃朗宁在诗中忠实地再现了画面背景的银灰色彩,作为安德烈心理自画像的基调。不同于绘画的是:勃朗宁充分利用了诗是“时间艺术”的条件,使静止的画面活

[1] 瓦萨里:《七十位最著名画家、雕塑家、建筑家传》,英译本 1896。
[2] 王国维:《人间词话》六〇,1908。

动起来,形成“从一片银灰开始;逐次展现矛盾,迸发出金色火花;最后一切复归银灰”的戏剧性结构,从而得以探入画面下的深层,揭示多层次的心理。假如我们把这首抒情独白诗比作一首咏叹调的话,那么这也相当于咏叹调的三段式结构。

第一段——呈现部: 银灰色的宁静和谐

从独白的第一句起,安德烈就是一副迁就安抚的语调。这使读者猜到了他与妻子间的关系大概一贯如此,今天他又一如惯例地以让步妥协来结束争吵。他答应按妻子露克蕾吉亚的要求,赶制五幅商品画,甚至再加一两件添头,以此换取了二人同坐的片刻宁静和谐。但对安德烈而言,这宁静中充满着心力交瘁的疲惫,他对露克蕾吉亚的安抚,其实意味着他的软弱,意味着他非常需要露克蕾吉亚反馈给他一点安抚。

安德烈作为一个美的崇拜者,他的爱主要是一种艺术家的爱,具有唯美主义性质;当然也有性爱情欲,但这本来就次于美的崇拜而只占第二位,后来因屡遭对方冷落和压抑,已被压到底层角落里去了,如今只在难得的二人握手时才以象征形式得到表现:“你柔软的小手本身是个女人,而我的手是男子赤裸的胸膛,——就让她这样蜷伏在我的手心。”——尽管手心相触并不真的意味着心心相印,但就这点小小的安抚已能使安德烈感到满足。而且,当他刚刚动情地称呼了她一声“我的明月”时,马上又冷静而不无反讽地自动纠正为“我的人人与共的明月”,从而再次退到了艺术家的审美距离。安德烈的这种“宁静”心态,构成了他独特的银灰色调。若将他和《我的前公爵夫人》中的公爵作一对比是有趣的: 裁缝之子安德烈作为一个追求完美但事事都无可奈何而仍乐天知命的艺术家,把其妻露克蕾吉亚视为美的化身和非占有性的艺术审美对象;而斐拉拉公爵作为一个专制贵族和艺术品收藏家,则把其妻(名字恰好也叫露克蕾吉亚)化为他绝对占有的收藏品。二者正好构成两种极端。

画面的宁静和谐,是一种疲惫的、黄昏的、充满秋意的、无可奈何的宁静和谐。在一片暮色中溶去的,是露克蕾吉亚最初为丈夫感到的骄傲,是安德烈的青春和艺术事业,是他为这位明月美人而活力销蚀殆尽的生命。独特的是: 在画面上,不论是疲惫、黄昏和秋意,都化为了银灰色的、宁静和谐的美。

第二段——展开部: 金色的矛盾冲突

然而表面的宁静隐藏着不安,和谐包含着矛盾,疲惫孕育着振作,商品画的压迫和千金一笑的现实难以磨灭艺术良心和理想,于是像夕阳从云层里迸发光华,黄昏图中闪现了点点金色,展开了安德烈心灵的另一面。

在他的独白接触到艺术问题和他所受到的高度评价时,疲惫颓唐的安德烈仿佛突然恢复了元气,找回了艺术家的感觉,迸发出了理想的火花。加以安德烈的性格是极富幻想的,他被美人的同坐和一笑所鼓舞,开始滋生不切实际的幻想,竟然想入非非,幻想起完美的爱情来,——他要求露克蕾吉亚真正成为他的缪斯、他的鼓舞者和灵感的泉源;他要求露克蕾吉亚除了给他完美的美色之外,“再增添一样——心灵”;他要求美人支持他向理想的高峰冲击而不要追求金钱;他保证,只要美人赋予他灵感,掌握着完美技巧的他准能达到米开朗琪罗和拉斐尔的水平,从而可以“俯视全世界”! 可叹的是,心灵,恰好是这位完美无瑕的美人所缺乏的东西。

这么说,安德烈之未能达到艺术的最高境界,难道应该归咎于露克蕾吉亚吗?安德烈还是有自知之明的,承认是他自己缺乏将金色的火花发扬光大的意志,他是一只“蝙蝠”,不能承受过分辉煌的金色阳光。所以正当在法国大有作为之际,他却受金色鬈发的牵引,情愿抛弃掉自己的黄金时代。这样,独白中段闪现的金色,又展开成为一组“金色”的矛盾:金色的理想被金色的鬈发束缚,迫使他放弃理想,为露克蕾吉亚淘金;法王的金币被砌进了房屋的墙,黄金的光芒变成了精神上的重压和羞辱;更为羞辱的是安德烈终于弄明白了,他的全部辛劳,只是在为露克蕾吉亚的情人还赌债!至此,金色的火花熄灭。

第三段——再现部:复归银灰

独白的末段,安德烈重新回到“暮年似的平静”,理想的闪光和内心的激动都已过去,心理状态是“事已至此”,“何必改变”和“我该满足”。哪怕到了天上有重新比赛的机会,安德烈也甘心自认失败。——这幅银灰图景是“完美无瑕的画家”的告别辞,表现了主人公内心深受折磨的平静安宁,以及艺术理想破灭的无憾无怨。

3

现在我们可以进入第三层——诗的哲理层了。勃朗宁的诗常有三个层面:在情节层的下面是心理层,在心理层的下面是哲理层。只有在哲理层中,我们才肯定能找到诗人本身。

就此诗而言,在前两层中,安德烈和勃朗宁极少有相似之处。虽然也有论者在此诗中解读出大量的自传式成分,认为“勃朗宁和安德烈的气质和处境相似：二人都性格羞怯，二人都受妻子压制，不让他们发挥自己深沉的创造力”[1]，但这一观点未免偏激；而且勃朗宁充满蓬勃生气，富有挑战性和革新精神，仅此一点就与缺乏魄力的安德烈大不相同，很难说气质相似。然而在哲理层，《安德烈，裁缝之子》却显然体现着勃朗宁的“不完美”哲学，他为此诗加的副题“他被称为‘完美无瑕的画家’”就暗示了这一点。不过，这并不如费尔普斯说的那样是对完美的画家故意贬损，而是通过画家的故事来探究：世间到底有没有“完美”？

安德烈不愧是一位“完美”的崇拜者。他对完美艺术的崇拜和对完美美人的崇拜在这一点上得到统一。他追求“完美”追求到这样的程度：不仅对艺术中一点小小的瑕疵（例如大画家的某一笔笔触）如鲠在喉，更具象征性的是，他对露克蕾吉亚为戴珠宝而“扎穿如此美好的耳朵”那么一点小小的针眼也觉得破坏了完美而难以忍受。但他遇到的现实却与此反差极大，绝不唯美！他在独白中历数了露克蕾吉亚“完美无瑕的眉，完美的眼，比完美更完美的嘴”……结果这位完美无瑕的美人却缺乏心灵，或者说心灵空虚。这当然构成了强烈的反讽。那么反观画家自己又如何呢？安德烈尽管有完美的构图、笔法、色彩、技巧，但这位完美无瑕的画家也同样缺少心灵的意志和力量。这也构成了强烈的反讽。——其实，“完美无瑕的美人”正是“完美无瑕的画家”本人的镜子，也是他失败的“象征符号”。

完美，是一个理想的概念。安德烈显然不是胸无理想之辈，但从

---

[1] 白蒂·米勒：《罗伯特·勃朗宁画像》，1952。

实践来看,他的目标就显露了既高又低的矛盾:高,因为他有最高的艺术理想和深刻透彻的自省;低,则是因为他在现实面前缺乏魄力,逆来顺受,不能超越他的处境。——因此,"有没有完美"的问题便转化成了:对理想的目标,能不能去企及?

依我看,安德烈的独白中只有一句话真正代表勃朗宁,那就是:

可是人的"企及"要超过他的"把握",
否则何必要天国?

而且我认为这句话之代表勃朗宁大大超过了代表安德烈。勃朗宁是承认世间"不完美"的,在他看来,假如有什么堪称"完美"的话,那就是向理想的不倦追求和逼近。上面这句如铭文警句般铮铮作响的话,适合勃朗宁笔下为追求理想而失败的英雄,他们虽败犹荣;而并不特别适合安德烈。——安德烈的失败不是企及的失败,而是放弃企及的失败。纵使他心中怀有最高理想,却终于选择了放弃企及的努力,哪怕是在天国!

对此,安德烈在独白中曾作了不少辩解,把问题推给露克蕾吉亚,推给处境,推给上帝(这要算是人之常情,在我们的习惯语言里称为"强调客观")。他强调处境剥夺他的自由,他深深感慨:"我们在上帝掌中。他叫我们过的生活多奇怪呀!我们貌似自由,实则镣铐紧锁!"在独白的末尾,他还强调"事已至此",这也是人们放弃努力的常用理由。

他给我们提出了一个问题:人在世间,究竟有没有选择的自由?

勃朗宁是主张人有选择自由的。现代哲学家、心理学家也赞成这一点,并且寓言性地认为人的历史是从人的第一次自由选择(吃乐园里分辨善恶之树的果子)开始的。对安德烈强调处境的自我辩护我们可以不忙评判,不妨先与萨特关于自由选择和处境的观点作一番有趣的参照。萨特是对自由选择问题探讨最多的作家,在某种程度上表达了勃朗宁的观点。

萨特认为:"人只是在其自由的领域里才碰到障碍。"因为任何外界事物本来与你无关,只有在你谋划某个目的时,它才显示为对你的目的的"抵抗"或"帮助"。其次,障碍从来不是绝对的,"它也是根据通过自由提出来的目的的价值揭示敌对系数的。如果我愿意不惜代价地到达山顶,这岩石便不成其为障碍;相反,如果我自由地限制我计划攀登的欲望,它就会使我丧失信心"。因此,没有在处境中的不自由,"只有在处境中的自由"。"处境被目的照亮","处境只相关于给定物向着一个目的的超越而存在"。

至于安德烈说的"既往如是,又何必把它改变",则涉及"过去"这一个特定的处境问题。萨特承认过去是我的本质成分,"因为对我来说,本质就是曾经是"。但过去又是可超越的,"存在的东西只有当它向着将来被超越时才能获得其意义"。如果我不惜代价地前进,"过去于是便成了我从我的发展的高处以某种有些蔑视的同情所注视着的东西"了。[1]

因此处境或"既往"之能否超越,问题在于目的的高低、意愿的大

[1] 萨特:《存在与虚无》,1981,中译本1987。

小。安德烈是明白人,懂得这一点,所以他归结到自己的意愿:“我很少遗憾,更缺少改变的意愿。”他知道不能一味把责任推到别人头上,不论是露克蕾吉亚、处境或上帝。归根结底,“动因来自灵魂本身”。尽管他个性软弱而拜倒石榴裙下,但他对自己的这句诘问却简洁有力:“拉斐尔、米开朗琪罗哪有妻室?”经过一番自省后,安德烈终于达到了新的结论:露克蕾吉亚以及露克蕾吉亚所象征的一切(安德烈的现实命运)并不是上帝的捉弄,——“这是我的选择”。安德烈尽管有弱点和错误,然而他有非常敏锐的内省能力,他终于抛弃借口,放弃推诿,不再怨天尤人。这是安德烈的可贵和可爱之处。

《安德烈,裁缝之子》的故事情节是特殊的,安德烈的极高的潜力,他的拜倒石榴裙下,他的无力和他的颓唐也是特殊的。然而共性寓于个性之中,诗中包含的“完美”疑难和“自由选择”疑难,却是普遍的,人人都会遇到的。因为完美是人人的向往(因此人们才把“福”字贴在门上,而且还要倒过来贴),而不完美则是人人的处境和焦虑,所以此诗对我们具有独特的吸引力,而我们也得以从中体会安德烈在完美和不完美之间的彷徨挣扎,既入乎其内而感慨咏叹,又出乎其外而审视掂量,并在哲理层次引发出重重思绪。这就是《安德烈,裁缝之子》的无穷魅力所在。

荒郊情侣

1

不知你今天是否也感到
　我所感到的心情,——当我们
在此罗马的五月的清早
　携手同坐在春草碧茵,
神游这辽阔的荒郊?

2

而我呢,我触及了一缕游思,
　它老是让我徒劳地追求,
(就像蜘蛛抛出的游丝
　横在路上把我们挑逗,)
诗刚捉到它,转瞬又丢失!

3

帮我捕捉它吧!起初它
　从长在古墓砖缝里的
那株发黄结籽的茴香出发,
　而对面那丛杂草蒺藜

接过了飘浮的柔网轻纱,——

4

那儿有朵小小的橙子花杯,
  招惹来五只盲目的绿色甲虫
在花蜜的美餐中陶醉;
  末了,我又在草坡上把它追踪,
抓住它吧,别让它飞!

5

毛茸茸的草毯茂密如云,
  铺遍荒野,不见尽头。
静寂与激情,欢乐与安宁,
  还有永远不停的空气之流——
啊,古罗马死后的幽灵!

6

这儿,生命是如此悠久辽阔,
  上演着如此神奇的活剧,
花儿的形象如此原始而赤裸,
  大自然是如此随心之所欲,
而上天只在高塔上看着!

7

你呢,你怎么说,我的爱人?
　让我们别为灵魂而害羞,
正如大地赤裸着面向天空!
　难道说,决定爱与否,
全在我们的掌握之中?

8

我但愿你就是我的一切,
　而你却只是你,毫不更多。
既非奴隶又非自由者,
　既不属于你又不属于我!
错在哪里?何处是缺陷的症结?

9

我但愿能接受你的意愿,
　用你的眼睛看,让我的心
永远跳动在你的心边,
　愿在你的心泉尽情地饮,
把命运融合为一,不管是苦是甜。

10

不。我仰慕、我紧密地接触你,

　然后就让开。我吻你的脸，
捕捉你心灵的热气，我摘取
　玫瑰花，爱它胜过一切语言，
于是美好的一分钟已逝去。

11

为什么我离那一分钟
　已这样远？难道我不得不
被一阵阵轻风吹送，
　像蓟花绒球般飘扬四处，
没有一颗友爱的星可以依从？

12

看来我似乎马上就要领悟！
　可是，丝在何处？它又已飞去！
老是捉弄人！只是我已辨出——
　无限的情，与一颗渴求着的
有限的心的痛苦。

Two in the Campagna[1]

I

I wonder do you feel to-day
  As I have felt, since, hand in hand,
We sat down on the grass, to stray
  In spirit better through the land,
This morn of Rome and May?

II

For me, I touched a thought, I know,
  Has tantalized me many times,
(Like turns of thread the spiders throw
  Mocking across our path) for rhymes
To catch at and let go.

III

Help me to hold it! First it left
  The yellowing fennel, run to seed
There, branching from the brickwork's cleft,
  Some old tomb's ruin: yonder weed

Took up the floating weft,

IV

Where one small orange cup amassed
  Five beetles,—blind and green they grope
Among the honey-meal: and last,
  Everywhere on the grassy slope
I traced it. Hold it fast!

V

The champaign with its endless fleece
  Of feathery grasses everywhere!
Silence and passion, joy and peace,
  An everlasting wash of air—
Rome's ghost since her decease.

VI

Such life here, through such lengths of hours,
  Such miracles performed in play,
Such primal naked forms of flowers,
  Such letting nature have her way
While heaven looks from its towers!

VII

How say you? Let us, O my dove,
  Let us be unashamed of soul,
As earth lies bare to heaven above!
  How is it under our control
To love or not to love?

VIII

I would that you were all to me,
  You that are just so much, no more.
Nor yours, nor mine,—nor slave nor free!
  Where does the fault lie? What the core
Of the wound, since wound must be?

IX

I would I could adopt your will,
  See with your eyes, and set my heart
Beating by yours, and drink my fill
  At your soul's springs,—your part, my part
In life, for good and ill.

X

No. I yearn upward, touch you close.

Then stand away. I kiss your cheek,
Catch your soul's warmth,—I pluck the rose
And love it more than tongue can speak—
Then the good minute goes.

XI

Already how am I so far
Out of that minute? Must I go
Still like the thistle-ball, no bar,
Onward, whenever light winds blow,
Fixed by no friendly star?

XII

Just when I seemed about to learn!
Where is the thread now? Off again!
The old trick! Only I discern—
Infinite passion, and the pain
Of finite hearts that yearn.

注释

[1] Campagna,意大利语,指罗马城周围的平原,那里有大量古罗马的遗迹废墟。

评析

在荒郊发生了什么事?

《荒郊情侣》这首爱情主题的戏剧独白诗,是勃朗宁最优秀、最精细入微的抒情性作品之一,历来为人称道。然而关于此诗的含义也一直存在争议。所以,让我们审视一下:在荒郊发生了什么事?

1

诗的场景,是诗题中的“荒郊”,其原文为意大利语 Campagna(音译“康帕尼亚”,原意为乡下、平原),指的是罗马城周围的低地平原,其范围大体相当于古罗马早期拉丁人居住的拉丁姆地方,上有星罗棋布的罗马古墓等遗迹废墟。勃朗宁夫妇居留意大利的十九世纪中叶,那里一片荒芜,只有牧人放牧,罕见人烟,使偶尔来此凭吊的有心人感到分外苍凉(二十世纪康帕尼亚逐渐开发,然而自然面貌亦遭到破坏)。希腊、罗马是欧洲上古文明史的发源地,那儿的遗迹使人产生时间上的无限感;而一片无边无际的荒郊更为之增添了寥廓苍茫和原始神秘的气氛,就连在这里游荡的风,也像是古罗马死后流连漂泊的幽灵。

在荒郊发生了什么事呢?根据诗中独白者的叙述是这样的:独白者和爱人同游罗马荒郊,为这里时空无限的气氛所深深感染。而另一方面,暮春五月生机盎然的大自然又在上演着生命和爱欲的神奇活剧,与默默无言的废墟一同引发着人们的遐思。于是,一缕游思——恰似蜘蛛的一缕游丝——隐隐约约地飘扬在他的面前,这缕游思包含着一个谜:

有限的心,能否达到无限之境?

对于情侣而言,这个谜也可以表述为:

有限的心,能否达到无限的情?……

独白者试图捕捉游丝,但捉不到,他试图解这个斯芬克司之谜,但解不开,他试图与爱人沟通,希望她也同样坦诚地思考,但似乎没有得到充分的回应。

历来诗人们写爱情,笔下的聚焦点是"忠贞"或"变心"的问题。这个问题是相对简单的:如若忠贞,即臻理想,心心相印,融合为一。但勃朗宁却不然,他在这首诗里聚焦的问题是:两个相爱的灵魂到底能否融合?

——啊,不,不要用盟誓来代替那微妙变幻的真实,不要用害羞来遮掩那难以解释的惶惑。让我们面对现实,完全袒露我们的灵魂吧,正如荒郊的大地赤裸裸地面向天空!——独白主人公说。

灵魂是多么渴望与相爱的灵魂融合呵!在热恋中,这种融合似乎已经实现了,无限之境仿佛已经达到了,——然而这只是天国幻景,"我捉住了游丝"只是瞬间的感觉!一分钟后,发觉游丝又已飞去……

按照大团圆的小说,按照浪漫主义的情歌,按照恋人们的心愿,按照习俗要求的体面,爱情是完美的,而且不能不是完美的。——心心相印,二化为一,"想你之所想,说你之所说",这才是完美的理想之境。然而这种“完美”是现实的吗？两个灵魂的融合并未实现，过错不在你我，而在爱情不完美的本质之中。主人公徒然追捕的游丝终于越去越远，向茫茫时空中飘去了……

2

以上是诗的叙述，但叙述后面是什么？在荒郊到底发生了什么事？

关于此诗的争议从勃朗宁逝世的次年，即1890年就开始了。争议的焦点是：“这首诗是勃朗宁夫妇爱情和婚姻失败的自白吗？”这一争议也涉及勃朗宁同类主题的另一些戏剧独白诗，而《荒郊情侣》是其中的核心。

要研究这一问题，我们先得明确勃朗宁的大部分重要作品（包括《荒郊情侣》）都是戏剧独白诗而不是自白诗；在其中独白的“男男女女”都是剧中人（尽管使用第一人称说话），不等于作者自己，诗中的独白原则上当然也不等于作者自白。但是另一方面，文学创作常有作者的体验为依托，尤其是在抒情性超过戏剧性的作品中，又往往可以找到作者的个人情感，这就使得问题复杂化了。

论者对照印证了传记性资料：1854年5月，勃朗宁夫妇确曾同游罗马荒郊，勃朗宁夫人5月10日的一封书信中写道：“我们和堪伯尔姐妹在罗马过了一些愉快的日子……到康帕尼亚去野餐时，她俩使我们度过了极美的时辰。”[1]

---

[1]《伊丽莎白·巴·勃朗宁书信集》，转引自德斐恩：《勃朗宁手册》，1935。

争论双方都承认此诗是勃朗宁夫妇同游荒郊所引发，也承认诗中含有作者的个人体验，分歧在于：主张此诗的自白性质者认为《荒郊情侣》是勃朗宁夫妇间裂痕扩大的明证，是爱情失败的悲剧体验；[1]而反对者则认为，把诗中独白者等同于勃朗宁是缺乏充分根据的，把"剧中人"等同于"诗人"是勃朗宁研究中的最大误区。[2]

勃朗宁夫妇的爱情和婚姻引起人们关注和争论是不奇怪的。罗伯特·勃朗宁和伊丽莎白·巴雷特的爱情故事是文学史上最脍炙人口的诗人之恋：二人因诗倾心，成为知音，罗伯特一往深情，而禁锢在病榻上的伊丽莎白则惶恐拒绝，但最后终于违背父命成婚并出走意大利，——他们这段富于传奇性的佳话受到众口称颂，被视作爱情的理想化的象征。而且伊丽莎白的《葡萄牙人赠十四行诗集》又以其如水纯情记录下了这段爱的心路历程，打动着读者的心：

我究竟怎样爱你？让我细数端详。
　我爱你直到我灵魂所及的深度、
　广度和高度，我在视力不及之处
摸索着存在的极致和美的理想。
我爱你像最朴素的日常需要一样，
　就像不自觉地需要阳光和蜡烛。
　我自由地爱你，像人们选择正义之路，

[1] 这方面最突出的论著是贝蒂·米勒：《罗伯特·勃朗宁素描》，1953。
[2] 克罗威尔：《罗伯特·勃朗宁读者指南》，1972。

我纯洁地爱你，像人们躲避称赞颂扬。
我爱你用的是我在昔日的悲痛里
　用过的那种激情，以及童年的忠诚。
我爱你用的爱，我本以为早已失去
　（与我失去的圣徒一同）；我爱你用笑容、
眼泪、呼吸和生命！只要上帝允许，
　在死后我爱你将只会更加深情。[1]

这样至纯至真的歌声，仿佛只能来自至美至善的境界。人们也真诚地期望他们的婚姻生活为人间提供一块理想的福地，一个童话的仙境。

然而现实毕竟是现实。从他们在意大利的生活中传出来的喜讯较多，但也夹杂着不和谐音，为大家所知的意见分歧有：对儿子的教育发生分歧，伊丽莎白执意将儿子男扮女装，而罗伯特觉得这对孩子的教育十分有害；伊丽莎白崇拜拿破仑三世（路易・波拿巴），而罗伯特则批判这个政治投机家；伊丽莎白迷上了招魂术，而罗伯特认为这纯属迷信；等等。根据这种种情况，童话的仙境似乎破碎了，另一极端看法出现了。勃朗宁夫妇的婚姻被说成是一场悲剧，说成是"根本的不幸和不和谐"；而《荒郊情侣》则被说成是勃朗宁婚姻生活失败的痛苦的自白。而且随着时间的推移，这一观点有继续增长的趋势。[2]

---

[1] 伊・巴・勃朗宁：《葡萄牙人赠十四行诗集》第43首，飞白译（《世界在门外闪光・英国维多利亚时代诗选上卷》，2015）。
[2] 克罗威尔：《罗伯特・勃朗宁读者指南》，1972。

3

这一争议的焦点是可以理解的,然而聚焦得不是地方。

笔者认为,在荒郊发生的事件,不是个人传记性质的,而是文学史性质的;不是勃朗宁夫妇间的"裂痕扩大",而是勃朗宁与浪漫派爱情观的裂痕扩大。

在勃朗宁之前的浪漫主义时代,理想爱情是诗人竞相歌颂的主题,浪漫派的爱情诗至今使读者悠然神往。在浪漫派看来,诗人的创作反映着上帝的心灵,统一着美和善,把人的心灵引向极乐的理想境界。理想世界是和谐的,爱情既然代表着至美至善的神性,当然也应该绝对地和谐,正如雪莱宣称的:"涓涓的芳泉投入江河,/河水流入海洋;/天上的清风也耳鬓厮磨,/那情意多深长;/世上的一切都不孤零,/天经地义是团圞,/万物都融合于一个精神,/为何你我独不然?"[1]这本来是天经地义的,不仅浪漫派这样认为,而且也深深植根于古老的诗歌传统中。

然而勃朗宁是"浪漫主义之后"的代表诗人,他在十九世纪三十年代初期的诗还深受雪莱影响,直抒主观情感,因而曾被人批评为表现自我,此后他就另辟蹊径,有意识地和浪漫主义分道扬镳了。勃朗宁的创作变迁自有其时代背景。笔者在《英国维多利亚时代诗歌绪论》中对当时的时代特点作过这样的速写:

"十九世纪三十年代,英国产业革命接近完成……在社会出现巨

[1] 雪莱:《爱的哲学》,杨熙龄译(《雪莱抒情诗选》,1981)。

大变化的同时,自然科学也获得了空前的突破,激烈地影响着人们的思想和生活。宇宙的真实不断被揭露,地质学家用锤子敲碎了《创世记》的纪年,天文学家把人的视野一直推向星系,千余年来基督教的信仰遇到了危机,传统的生活结构与秩序纷纷崩坏,给人造成的感觉是地基在陷落,大陆在漂移,正如作家兼哲学家卡莱尔所说:‘我们对宇宙和对我们的同伴——人的全部关系,都变成了一个问号,一个疑团。’”

在这样的背景下,浪漫主义的幻想不能再满足读者的和诗人的需要了,在欧洲盛开过诗歌之花的浪漫主义思潮——包括浪漫主义的爱情诗写作——于是走向了衰落。

这时,勃朗宁开始直面人生,形成他的“不完美”世界观,探索他的“不完美”爱情诗。需要说明,浪漫派也爱写不完美和忧伤,但他们认为爱情的本质是完美,是至美至善,这是绝对没有疑问的。而勃朗宁发现,即便如此神圣的爱情,本质也是不完美的。勃朗宁并不知道,正当他在写离经叛道的“不完美”爱情诗时,英吉利海峡对面另一个诗人波德莱尔也在写离经叛道的“恶”或“病”的爱情诗,他惊世骇俗的杰作《恶之花》(1857)将在勃朗宁的杰作《男男女女》(1855)之后两年出版。诚然,这两位大诗人都继续保持着浪漫主义的理想精神:勃朗宁仍坚持着对不可企及的理想的不倦追求,但他已用辩证的观点取代了梦幻般的爱情仙境;波德莱尔的忧郁与理想紧紧拥抱、互相依存的主题仍明显地保持着浪漫主义的精髓,但他已开通了象征主义诗歌的新路。在他们之后,理想化的、完美的、金色的爱情在诗中已越来越少见,越来越显现其不可能。唯有勃朗宁夫人的爱情十四行诗,仿佛是浪漫主义爱情诗的一个美丽的回声。

《荒郊情侣》值得我们注意之点，在于其中表现的人的孤立处境，已隐隐预示着二十世纪异化主题诗歌的出现。虽然勃朗宁非常平易近人，但作为一个哲学和文学的“个人主义者”，对于他，人的个体性已隐含了孤立性和沟通的困难。而勃朗宁选择“爱情”这个“最不孤立”、“最能融合”的情境来表现孤立主题，尤其显出了他的现代敏感。是的，爱情意味着沟通和理解，但“理解”只意味着两个个体经过努力达到部分的有限的交流，而永远不会是绝对的沟通或“融合”。于是，灵魂再也找不到下锚碇泊之处。“难道我不得不/被一阵阵轻风吹送，/像蓟花绒球般飘扬四处，/没有一颗友爱的星可以依从？”

勃朗宁这里指的是莎士比亚曾满怀信心肯定的那颗最可靠的星：“爱似灯塔在海上高照，/它坚定地面对风暴，毫不摇荡；/它是一颗星，把迷航的船引导。”[1]然而当现代世界来临，它已不再是引导迷航的恒定坐标，不再是开启心灵的万能钥匙，人渐渐感到：另一个灵魂已成了不可进入的城堡。

——这里肯定存在着某种悲剧，但并不是所谓勃朗宁“婚姻失败”的悲剧，而是人的处境的普适性悲剧，这比“个案”悲剧要深刻得多。我们承认《荒郊情侣》和勃朗宁其他爱情题材作品中，或多或少地含有作者的个人心理体验，但这种体验的特征是其普适性。重要的并不是其传记性成分有多少，而是它与“至美至善”的绝对化观点相对立，体现了勃朗宁含有辩证观点的世界观即“不完美”哲学。勃朗

[1] 莎士比亚十四行诗，第116首，飞白译（《诗海》，1989）。

宁认为,“不完美”是生活和爱情的本质属性;人当然必须要有理想,但从此以后,人的英雄主义只能是鼓起勇气,永远渴望和追求那永远不可企及的目标。

要论勃朗宁夫妇的爱情,那么他们不愧为文学史话中的伟大情侣。他们的爱情专一执着,感情丰富真挚;不论是意见分歧或是《荒郊情侣》,都不会破坏他们的爱情,而只能打破既要有爱情就不许有分歧的童话。

语法学家的葬礼

——欧洲学术复兴开始后不久

让我们齐唱一曲送葬的号子，
　　抬起他的遗体，
离开这些粗俗的、篱笆围困的
　　村庄和园子地，——
雄鸡未打鸣，在平原怀抱中
　　村庄正睡得安心；
注意望远方的昼光，是否已经
　　给石山山脊镀金！
那儿是合适之乡，那儿人的思想
　　更奇妙也更浓，
像在香炉里翻腾，积蓄着力量，
　　准备爆发迸涌。
让我们把牲畜和庄稼留给这片
　　没文化的平原，
在山巅找墓地！那是文化之城——
　　高处文化烂漫。
群峰耸立，而一峰在群峰之上，
　　云霞为其冠冕；
呵，不！这是那城堡发出霞光，

围绕它的峰巅。
我们走向那儿，盘绕层层山岳，
起步了，伙伴们！
我们的低级生活属于平地和黑夜，
而他追求着早晨。
当心那些旁观者！昂起头，挺起胸，
步子要迈整齐！
我们抬的是导师，他天下闻名，
而如今他已安息。

牲畜和庄稼，村庄和园子，睡吧，
不愁风雨天气！
而他，我们齐声合唱护送的他——
（送往他的墓地）
他是一个人，容貌和嗓音堪比
阿波罗——诗之神！
可他多年默默无闻，没注意
冬天取代了春！
轻轻一触，而青春已经逝去，
换来老态龙钟，
他长叹道："难道就此换了旋律？
我的舞已告终？"
不！那只是常规世道，（沿山边绕，

　　向那座城前进!)
而他察觉衰老,却更傲然前行,
　　越过人们的怜悯;
放弃休闲,埋头苦学,拼全力对付
　　逃逸而去的世界;
“你的卷轴里藏着什么?让我读读
　　大手笔的描写,
把知人最深的吟游诗人和圣贤
　　都给我!”他说。
待到他整卷谙熟于心,我们发现:
　　他已成了学者。
但同时他也已秃顶,目光如铅,
　　吐字已不清爽。
换了别人就会说:“该享受生活了,
　　赶紧推开寒窗!”
这位却说:“轮到现实生活了么?
　　耐心再稍等片时!
纵然我已把艰涩难辨的本文掌握,
　　但是还剩下注释。
让我知道一切!无须谈多少、得失、
　　轻松或是痛苦!
我愿吃完这筵席,直到每粒残屑,
　　而不感到餍足。”

呵！他决定：在开始生活前必须
　　把一切先学过！
先汇集书本的一切精华！这等于
　　决心弃绝生活。
先要把握全盘，才能把局部实行；
　　未完成设计之前，
岂能用钢凿敲出石英的火星？
　　岂能用砂浆砌砖？

（我们已到城门，敞开在面前的
　　是集市的市场。）
是的，这正是他为人的独特魅力：
　　（听我们的合唱！）
在生活之前，先要学习如何生活，——
　　而学习永不止步；
先获得手段，有什么用？上帝自会
　　安排它的用途！
别人才不信这套呢："今宵永不再！
　　要明白岁月无情！"
他答道："让狗们猿们抓住现在！
　　人却拥有永恒。"
说完又回到书堆里埋头工作。
　　结石把他折磨，

他眼睛变成了熔铅的浮渣色，
　　外加阵阵寒咳。
“稍微歇会儿吧，老师！”他不睬！
　　（伙伴，再次起步！
两人一排，走齐了步，山路很窄！）
　　他可毫不在乎，
他重返研究，以更充沛的精力，
　　一如生龙活虎，
他的灵魂在神圣的饥渴中吮吸
　　满满的知识之壶。
假如画个近视的圈，把远期利益
　　都排除在圈外，
而只贪求眼前实利，那么显然，
　　这是赔钱买卖！
不伟大吗？他把其余交给上帝去做
　　（他自甘承担重负）：
以“天上的生”来完善“地上的生”——
　　这是上帝的任务。
他夸大了心智，他要清晰地显示
　　心智意味着什么。
他不愿学愚人们所为——折扣贴现，
　　分期预支生活。
他孤注一掷，他获得了天上的成功

或地上的失败：
“你相信死亡吗?”“我信！但把生活的
小小诱惑拿开!”
俗人寻求的是做点区区琐事——
看得到他的成绩；
这位高人追求的是伟大事业——
而至死未穷其理。
俗人日复一日,不断地“一加一”,
很快有一百累积；
这位高人却将目标定在百万,
结果却错失了“一”。
俗人拥有现世,假如他需要来世,
唯有靠现世关照!
而高人托付给上帝,不惑的寻找
必将把他找到。
当死神的手已扼住他的喉咙,
他仍为语法刻苦,
在他上气不接下气的咕噜中
词类成了遗嘱。——
他给我们理清了 Hoti 的用途,
为 Oun 奠定基础,
他给我们定下轻音 De 的规则,
而他已半身麻木……

好吧，这儿是一块平台，这儿最好！

向此地表示敬意！

这是羽族的高飞者——燕子和鹬鸟

喜爱盘旋之地！

这儿是峰顶，下面的芸芸众生

只能活在下方；

此人却决定以求知代求生，他

岂能在下方安葬？

这才是他的位置：这儿陨星疾射，

闪电爆裂，云生成，

星宿来往，暴风雨迸发出欢乐，

露水带来和平！

崇高的志向必须有相应的效果——

让他在此安葬，

让他在俗世料想不到的高处

生活，和死亡。

A Grammarian's Funeral

Shortly after the revival of learning[1] in Europe

Let us begin and carry up this corpse,
    Singing together.
Leave we the common crofts, the vulgar thorpes
    Each in its tether
Sleeping safe on the bosom of the plain,
    Cared-for till cock-crow:
Look out if yonder be not day again
    Rimming the rock-row!
That's the appropriate country; there, man's thought,
    Rarer, intenser,
Self-gathered for an outbreak, as it ought,
    Chafes in the censer.
Leave we the unlettered plain its herd and crop;
    Seek we sepulture
On a tall mountain, citied to the top,
    Crowded with culture!
All the peaks soar, but one the rest excels;
    Clouds overcome it;
No! yonder sparkle is the citadel's

Circling its summit.
Thither our path lies; wind we up the heights;
Wait ye the warning?
Our low life was the level's and the night's;
He's for the morning.
Step to a tune, square chests, erect each head,
'Ware[2] the beholders!
This is our master, famous, calm and dead,
Borne on our shoulders.

Sleep, crop and herd! sleep, darkling thorpe and croft,
Safe from the weather!
He, whom we convoy to his grave aloft,
Singing together,
He was a man born with thy face and throat,
Lyric Apollo!
Long he lived nameless: how should Spring take note
Winter would follow?
Till lo, the little touch, and youth was gone!
Cramped and diminished,
Moaned he, "New measures, other feet anon!
My dance is finished?"
No, that's the world's way, (keep the mountain-side,

Make for the city!)
He knew the signal, and stepped on with pride
Over men's pity;
Left play for work, and grappled with the world
Bent on escaping:
"What's in the scroll," quoth he, "thou keepest furled?
Show me their shaping,
Theirs who most studied man, the bard and sage,—
Give!"—So, he gowned[3] him,
Straight got by heart that book to its last page:
Learned, we found him.
Yea, but we found him bald too, eyes like lead,
Accents uncertain:
"Time to taste life," another would have said,
"Up with the curtain!"
This man said rather, "Actual life comes next?
Patience a moment!
Grant I have mastered learning's crabbed text,
Still there's the comment.
Let me know all! Prate not of most or least,
Painful or easy!
Even to the crumbs I'd fain eat up the feast,
Ay, nor feel queasy."

Oh, such a life as he resolved to live,
When he had learned it,
When he had gathered all books had to give!
Sooner, he spurned it.
Image the whole, then execute the parts—
Fancy the fabric
Quite, ere you build, ere steel strike fire from quartz,
Ere mortar dab brick!

(Here's the town-gate reached: there's the market-place
Gaping before us.)
Yea, this in him was the peculiar grace
(Hearten our chorus!)
That before living he'd learn how to live—
No end to learning:
Earn the means first—God surely will contrive
Use for our earning.
Others mistrust and say, "But time escapes!
Live now or never!"
He said, "What's time? Leave Now for dogs and apes!
Man has Forever."
Back to his book then: deeper drooped his head:
Calculus racked him:

Leaden before, his eyes grew dross of lead:
Tussis attacked him.
"Now, master, take a little rest!"—not he!
(Caution redoubled,
Step two abreast, the way winds narrowly!)
Not a whit troubled,
Back to his studies, fresher than at first,
Fierce as a dragon
He (soul-hydroptic with a sacred thirst)
Sucked at the flagon.
Oh, if we draw a circle premature,
Heedless of far gain,
Greedy for quick returns of profit, sure
Bad is our bargain!
Was it not great? did not he throw on God,
(He loves the burthen)—
God's task to make the heavenly period
Perfect the earthen?
Did not he magnify the mind, show clear
Just what it all meant?
He would not discount life, as fools do here,
Paid by instalment.
He ventured neck or nothing—heaven's success

Found, or earth's failure:
"Wilt thou trust death or not?" He answered "Yes!
Hence with life's pale lure!"
That low man seeks a little thing to do,
Sees it and does it:
This high man, with a great thing to pursue,
Dies ere he knows it.
That low man goes on adding one to one,
His hundred's soon hit:
This high man, aiming at a million,
Misses an unit.
That, has the world here—should he need the next,
Let the world mind him!
This, throws himself on God, and unperplexed
Seeking shall find him.
So, with the throttling hands of Death at strife,
Ground he at grammar;
Still, through the rattle, parts of speech were rife:
While he could stammer
He settled *Hoti's* business—let it be! —
Properly based *Oun*—
Gave us the doctrine of the enclitic *De*, [4]
Dead from the waist down.

Well, here's the platform, here's the proper place:

Hail to your purlieus,

All ye highfliers of the feathered race,

Swallows and curlews!

Here's the top-peak; the multitude below

Live, for they can, there:

This man decided not to Live but Know—

Bury this man there?

Here—here's his place, where meteors shoot, clouds form,

Lightnings are loosened,

Stars come and go! Let joy break with the storm,

Peace let the dew send!

Lofty designs must close in like effects:

Loftily lying,

Leave him—still loftier than the world suspects,

Living and dying.

注释

[1] the revival of learning,学术复兴,即文艺复兴,尤指文艺复兴早期。

[2] 'Ware,beware 的缩略。

[3] gowned,穿上袍子,指成为了学者。

[4] 这里说的是三个古希腊文助词。

评析

安能辨我是“圣”、“愚”？

1

任何文学现象都涉及作者、作品和读者三个基本环节，但传统的文学研究重视的是作者和作品，只把读者看作教育提高的对象。把关注的重点放在读者接受方面的文学理论是晚近兴起的，只有三十年左右的历史。倡导接受美学的尧斯提出：“一部文学作品并不是独立自足的、对每个时代每一位读者都提供同样图景的客体。它并不是一座文碑，独白式地展示自身的超时代本质，而更像是一本管弦乐谱，不断在它的读者中激起新的回响，并将作品文本从语词材料中解放出来，赋予它以现实的存在。”[1]——这是他在1967年说的。

有趣的是，在诗人中，早就出现了一位特别关注和尊重读者的人——罗伯特·勃朗宁，在接受美学出现之前一百多年，他就在努力邀请读者参与他的诗歌创作了。而且他的邀请与历来的诗人有很大不同：以前的诗人虽然也必须邀请听众或读者参与和进入情境，但是不管他们自己（诗人们）扮演的是什么身份——“巫师”、“祭司”、“神和英雄帝王的歌颂者”、“哲人”、“教师”或“先知”，他们都要求读者

[1] 尧斯：《接受美学初探》，1967，中译本（张廷琛编《接受理论》）1989。

听从他们，与他们同化，并且往往不大客气地表现出强令读者同化的倾向。可是勃朗宁却是谦虚的，他尊重读者的辨别力，尽管他怀着殷切的帮助人的愿望，却把自己的身份定位为“造象者”或“造境者”[1]，并公然要求他的读者不必同化，只要参与，——在参与中充分发挥审美想象和判断的主动权。

拿接受美学的“召唤结构”（即作品中期待读者参与“填补空白”的结构）来作一比较，则历来诗人的“召唤结构”是偏于定向的，好比是把读者放进教师指导下的课堂或“托福”考场，诗人对你的填空抱有明确的方向性要求（尽管读者不一定按此方向走）；而勃朗宁的“召唤结构”却常常是开放性的、非预定的，好比是把读者放进一场足球赛中，让你去发挥主动，参与比赛和评判，自己导向结局。这也说明勃朗宁对读者有很高的信任度。

《语法学家的葬礼》一诗，也就是这样一场“足球赛”。这首戏剧独白诗，像勃朗宁的许多作品一样，包含着戏剧性的矛盾冲突。矛盾是围绕着对刚去世的语法学家的一生如何评价展开的：独白者是已故语法学家的学生之一，他的独白代表着为老师送葬的一群门徒，他们把老师看作圣贤，他们的观点有强烈的倾向性，并且与“别人”也即他们所说的“俗人”、“愚人”的观点相对立。虽然另一方并没有正面参加辩论，但从诗中可以明显体会到：占多数的“别人”又把语法学家及其门徒看作“愚人”。这样，现场气氛十分热烈甚至火爆，读者进到场内，似乎就不知不觉以一方球员身份或裁判身份参与到赛事中去了。

[1] 此处的造“境”，指的是“情境”而非“意境”。

2

还是让我们先看看诗中情景吧:

如前所述,独白者是送葬的门徒之一,他在向其他门徒——他的师兄师弟们说话。他的这篇话语起着好几种作用:首先它是一篇悼词,概括了已故学者的生平和成就,只是并非在礼堂宣读的,而是在抬棺材的途中"发表"的;由于强烈的辩论性,这同时也是一篇演说或辩护词;此外,这又是一首送葬号子,包含着独白者的领唱和众人的齐唱,以及独白(领唱)者为整齐步伐、指示路线而发出的指令。这首诗(或"唱词")的格律,与语法学家终身研究的古希腊语文相应,在原文中是5音步、2音步交替的长短句,其中2音步短句又是独特的"扬抑抑、扬抑"节奏,这来自古希腊诗歌中最著名的"萨苐律",有浓郁的希腊风格。中译文对此不可能复制,我所能做到的只是大致模拟其节奏感。

诗的头段和尾段表现送葬从平原开始,而以山巅为目的地,墓地选在最高峰上。这条送葬的路象征着艰苦的攀登之路。在独白者看来,平原代表俗世和低级的生活,山巅象征烂漫的文化和知识;当平原还沉浸在黑夜里时,山巅已迎来了灿烂的昼光。在此框架内,则是对语法学家刻苦钻研的一生的描述和辩护,——以全诗约一半处的空行为界,前半侧重描述,后半侧重辩护。经过一番越来越激动的辩护,终于引到结尾的高潮,高潮部分的语调简直像是对圣人的一曲颂歌。

一个语法学家,怎么会赢得(即便是在他的学生心目中)如此崇高的赞誉呢？勃朗宁在诗的副题中注明了历史背景：此事发生在"欧洲学术复兴开始后不久"。学术复兴即文艺复兴，尤指文艺复兴早期。按：文艺复兴一词的原文（意大利语 Rinascenza 或 Rinascimento）本来只是"再生"、"复兴"的意思，包括文艺和学术，并不特指文艺；而且在当时的概念里文艺和学术也还没有明确的界线。文艺复兴时期的人文学者为了反对中世纪的思想禁锢，纷纷从希腊罗马古典文化中寻找与新时代精神相通的观点作为思想武器，于是研究古代手稿抄本成为首要任务，这就是语法研究（指的是古希腊、古罗马语法研究，当时称为语文学）荣登榜首的历史背景。勃朗宁研究者们曾提出：卡梭本、里拿克雷等文艺复兴初期的语法学家是此诗主角可能的原型。正是靠了他们献身于艰苦而乏味的语法和训诂研究，才为文艺复兴的进一步发展开辟了道路。

但是《语法学家的葬礼》的内容，就是简单地歌颂圣贤吗？如果那样的话，它就不像是"足球赛"，也不会吸引许多评论家来参赛了。下面，让我借用国外评论家对这首名作论争的种种观点，摘编成一小段对白，为我们渲染一下赛场气氛：

3

甲：传统的解读把《语法学家的葬礼》看成对一位已故学者的歌颂，但是我们不能轻率同意独白者及其伙伴的狂热观点。因为他们是语法学家的学生和接班人，所以其客观性是十分可疑的。他们对师父的过度歌颂和崇拜，正好说明了他们自己的局限，这不过是一群"小学究"在歌颂"老学究"罢了。

乙：请你注意作者注明的时代背景和当时语法研究的地位。在文艺复兴时代，决不会有人想到“学究”这么个词！记得《圣普拉西德教堂的主教吩咐后事》里的主教向圣女祈求的“三件宝”是什么吗？就连这位并无多少文化修养的主教，也把“古老的希腊手稿”同骏马与“四肢如大理石般滑润的情妇”并列呢！

甲：问题关键在于这位语法学家是“圣”还是“愚”？是英雄人物还是讽刺对象？——他完全可以是他的门徒的英雄，但不是我们的英雄。门徒对他的赞扬，其实是他们的自我赞扬，但在世人眼中，不论在当代还是在如今，他们仍然是“愚”。我认为此诗的风格是对颂歌体的“滑稽模仿”，文艺复兴时代著名的荷兰人文学者伊拉斯谟写过一篇滑稽模仿体的《愚人颂》；《语法学家的葬礼》不也正是勃朗宁的《愚人颂》吗？

乙：我们虽然并不把语法学家看作勃朗宁式的“失败的英雄”，但也不能把他看作讽刺讥笑的对象。《凯利班谈论塞提柏斯或岛上的自然神学》一诗中妄谈神学的凯利班才是讽刺讥笑的对象呢。语法学家不是“愚人”，而和所有世人一样是“有局限的人”。按照勃朗宁的“不完美哲学”，他的“企及”高于他的“把握”，这是不应该讥笑的。

甲：“企及”高于“把握”当然不能讥笑；但“企及”的方向错了却构成了讽刺。勃朗宁是生活的歌者，固然他也崇尚知识，但这是源自生活的知识，不是语法学家那种脱离生活、“弃绝生活”的知识。从《利波·利比兄弟》等许多诗中都可看出：勃朗宁是多么重视和贴近普通人的、俗世的生活。弃绝生活的“企及”造成的只能是学究。诗中对这位学究衰老和病容的“丑怪”描写手法，也蕴涵着对这个形象的否定评价。

乙： 所谓“弃绝生活”，说的是语法学家为事业牺牲个人的生活享受；但专心研究、鞠躬尽瘁也是一种生活方式，而且是他所选择的（因而是“最好的”）生活方式。如果他在带病工作时仍能“一如生龙活虎”，那就充分说明：这也是一种活法！文艺复兴时代初期的语法学家卡梭本就是这样一个鞠躬尽瘁的学者，他也同样患有咳嗽和结石，但临死还在构思新的研究课题。难道这也是方向错误吗？

甲： 假如目标真的定得高，为伟大事业而牺牲，那么他就是圣人或烈士，这自有公论。但反观这位语法学家，又如何呢？据他的学生说：他追求的是“伟大事业”，而俗人做的则是“区区琐事”。可是实际上他穷其一生，只弄清了古希腊文的三个助词，也许再加上做了一些注释！这不就是他们扬言看不起的“区区琐事”吗？这是勃朗宁的一种反讽笔法。

乙： 不能以成败论英雄！对献身科研者，也不能以成就大小为评判标准，而更应该看到他的事业心。勃朗宁在《骑马像和胸像》中就说过：“尽你的力量做，不管是赢是输。”学者们往往付出得比他更多，收获得比他更少。有多少学者尽其一生，还未能达到这位语法学家的成就！难道就应该讽刺他们么？

甲： 他不仅是成就小的问题，而是总的说来缺乏人文精神的问题。文艺复兴是“人”的复兴，当时的人文学者是面向生活，全面发展，把人生和学问融合为一的人，这才是勃朗宁仰慕的人文主义精神；

而这个语法学家做的却是第二手、第三手的学问，为琐碎学问背弃生活，与人文精神背道而驰，这简直可说是中世纪禁欲主义的流毒未消和对人文主义前提的否定！诗中送葬道路的象征意义实际上是：这伙人离开了象征人世生活的平原，沿着脱离实际的小路越走越远了！我们只能求上帝宽恕他们的“愚”！

乙：语法学，在你的理解中竟会如此狭隘可怜？也许在今天的人们心目中这已成了贬义词吧；但在文艺复兴时代却不是如此，它当时几乎可以涵盖“文史哲”，它本身就是人文学科的基础，所以，研究者对语法学的献身精神，正体现了文艺复兴初期人们对文化解冻的兴奋、对古典文化的饥渴。也许，“学术复兴开始后不久”这一特定时刻已经离我们去得太远了，如今真的得不到理解了。可叹啊，主教大人心目中的“三件宝”——骏马、希腊手稿、美丽情妇，如今传下来两件，而偏偏是中心的一件失传了！……[1]

4

从上面摘引的点滴争论就可看出，这确是一个广阔的“球场”，大有用武之地呢！同时也可看出读者接受与时代背景确有很大关系。

写到这里，笔者不由得想起了不久前在中国遇到的一个“学术复

[1] 据克罗威尔《罗伯特·勃朗宁读者指南》，1972；理查·阿尔蒂克《语法学家的葬礼是勃朗宁的愚人颂吗?》1966；阿利艾尔《语法学家的葬礼·笔记》，1933；伯楼斯《诗人勃朗宁导论》，1969；德斐恩《勃朗宁手册》，1955；得芬《两栖者：勃朗宁新探》，1956等资料汇编。

兴开始后不久"的特定历史时刻(凡是中年以上的人想必都是印象犹新的),——记得正在"文化大革命"结束一年后,全国报纸刊登了徐迟记叙数学家陈景润事迹的报告文学《哥德巴赫猜想》。因为"一部文学作品并不是独立自足的、对每个时代每一位读者都提供同样图景的客体",虽说与欧洲文艺复兴相比,《哥德巴赫猜想》离我们要近得多,但这篇文章当年在全国引起的热烈反应,如今的新一代恐怕已经难以想象了。

于是我立即到云大图书馆借出这篇徐迟刚刚"从长久以来的冬蛰中苏醒过来",而在心潮澎湃中写成的文章,为今天的青年读者摘录几段,以资与欧洲的"学术复兴开始后不久"作一对照。

徐迟:《哥德巴赫猜想》

他把全部心智和理性统通奉献给这道难题的解题上了,他为此而付出了很高的代价。他的两眼深深凹陷了。他的面颊带上了肺结核的红晕。喉头炎严重,他咳嗽不停。腹胀、腹痛,难以忍受。有时已人事不知了,却还记挂着数字和符号。他跋涉在数学的崎岖山路,吃力地迈动步伐。……善意的误会飞入了他的眼帘。无知的嘲讽钻进

勃朗宁:《语法学家的葬礼》

他多年默默无闻,没注意冬天取代了春!轻轻一触,而青春已经逝去,换来老态龙钟……而他察觉衰老,却更傲然前行,越过人们的怜悯;放弃休闲,埋头苦学,拼全力对付逃逸而去的世界……他已成了学者。但同时他也已秃顶,目光如铅……结石把他折磨,他眼睛变成了熔铅的浮渣色,外加阵阵寒咳。"稍微歇会儿吧,老师!"他不睬!……他

了他的耳道。他不屑一顾；他未予理睬。他没有时间来分辩；他宁可含垢忍辱。餐霜饮雪，走上去一步就是一步！他气喘不已；汗如雨下。时常感到他支持不住了。但他还是攀登。

可毫不在乎，他重返研究，以更充沛的精力，一如生龙活虎，他的灵魂在神圣的饥渴中吮吸满满的知识之壶。

“……我考虑了又考虑，计算了又计算，核对了又核对，改了又改，改个没完。……我知道我的病早已严重起来。我是病入膏肓了。细菌在吞噬我的肺腑内脏。我的心力已到了衰竭的地步。我的身体确实是支持不了啦！惟独我的脑细胞是异常的活跃，所以我的工作停不下来。我不能停止。”

这位却说：“轮到现实生活了么？耐心再稍等片时！纵然我已把艰涩难辨的本文掌握，但是还剩下注释。让我知道一切！无须谈多少、得失、轻松或是痛苦！……”当死神的手已扼住他的喉咙，他仍为语法刻苦，在他上气不接下气的咕噜中，词类成了遗嘱。

他就像那些征服珠穆朗玛峰的英雄登山运动员……他向着目标，不屈不挠；继续前进，继续攀登。……他只知攀登，在千仞深渊之上；他只管攀登，在无

……高处文化烂漫。群峰耸立，而一峰在群峰之上，云霞为其冠冕……这才是他的位置：这儿陨星疾射，闪电爆裂，云生成，星宿来往……崇高的志向必

限风光之间……他终于登上了攀登顶峰的必由之路,登上了(1+2)的台阶。[1]

须有相应的效果——让他在此安葬,让他在俗世料想不到的高处生活,和死亡。

尽管时代、文化背景以及学科(数学和语文学)都相差很远,但这两件作品对“学术复兴开始后不久”的气氛传达竟是那么相似,实在令人吃惊!

另一点令人吃惊的是:历史地看,我们当今的时代仍属于“学术复兴开始后不久”,但实际上读者接受已与1977年有很大不同,恍若隔了时代。真是时过境迁,日新月异啊!

再让我们比较一下徐迟和勃朗宁的两个文本:它们传达的气氛虽然非常相似,但对读者的召唤结构却迥然不同。徐迟就是文中的说话人,他在情境之中、在历史的现场描写英雄人物、宣传英雄人物,他心潮澎湃,并力求激起读者与作者同样的情感,因此作家对读者的关系是号召型的。勃朗宁呢,他诗中的说话人是剧中人,诗人不但没有在情境中现身,而且也没有表态,他只是“造象人”或“造境人”,只以此象此境供读者进行剩下的另一半创造,而这另一半受时代、历史、民族、文化以及每个读者的个人经历体验等等制约,因而作家是难以强求的,所以他对读者接受的期待是启发型的。

---

[1] 徐迟:《哥德巴赫猜想:报告文学集》,1978。哥德巴赫猜想是“每一个大偶数都是两个素数的和”;陈景润证明的(1+2)是“每一个大偶数都是一个素数和一个只含两个素因子的数的和”,比前人证明了的(1+4)、(1+3)离目标接近了一步。

至于“圣”、“愚”疑难，这是一个价值观念或“意义”问题。由于世上情境十分复杂，当然容许作家作多种表现，不能一刀切。况且，有时“圣”、“愚”之间可能只差一步；或者不如说“一步不差”，只是一件事的两面！

勃朗宁于是给人们造境，造球场，出难题，给一代代读者和评论家找了那么多“麻烦”；大家于是在球场上发挥主动，竞争不休，汗流浃背，谁也不服输。

而造球场的勃朗宁呢，他倒“逍遥自在”，他肯定为读者的积极参与而欣慰，也许还会偶尔地问一声：

“比分是几比几了？”

忏　悔

他尽在我耳边唠叨些什么?
“在此告别人世之时,
我是否看透了人世是泪之国?”
啊,牧师先生,并非如此!

我从前见到的,如今又在眼前,——
瞧这排药瓶在桌子边
排成一行,那是一条郊区小巷,
还有一堵墙在我床边。

那条巷是斜坡,像这排药瓶似的,
坡顶有座楼,请你望过去,
就在花园墙后,……在健康的眼里,
这帘子是蓝还是绿?

在我眼中,它就是当年的六月天,
一片蔚蓝笼罩小巷和墙,
最远的那个瓶子,贴着“醚”的标签,
就是那高出一切的楼房。

在阳台上,紧挨着那瓶塞子,
她等着我,那年六月里,
一位姑娘……我知道,先生,这不合适,
我可怜的神智已越出控制。

可那儿还是有路……可以沿边潜入,
直到那座楼,他们称为“别墅”,
得把楼里所有的眼睛避开,
只有一双眼睛例外。

我哪有资格在他们巷里逛?
但是。只要尽量把腰弯,
靠那好心的园墙给我帮忙,
哪怕他们双眼瞪得滚圆,

仍然从未捉到她和我在一起,——
她从阁楼下来,就在那里,
从那贴着“醚”字的瓶子口边
悄悄地溜下层层楼梯,

在缠满蔷薇的庭园门边约会。
唉,先生,我们常常相亲相昵,——
多么可悲,多么不轨,多么狂悖,
可是,这却是多么甜蜜!

Confessions

What is he buzzing in my ears?
"Now that I come to die,
Do I view the world as a vale of tears?"[1]
Ah, reverend sir, not I!

What I viewed there once, what I view again
Where the physic bottles stand
On the table's edge,—is a suburb lane,
With a wall to my bedside hand.

That lane sloped, much as the bottles do,
From a house you could descry
O'er the garden-wall; is the curtain blue
Or green to a healthy eye?

To mine, it serves for the old June weather
Blue above lane and wall;
And that farthest bottle labelled "Ether"[2]
Is the house o'ertopping all.

At a terrace, somewhere near the stopper,
There watched for me, one June,
A girl: I know, sir, it's improper,
My poor mind's out of tune.

Only, there was a way... you crept
Close by the side, to dodge
Eyes in the house, two eyes except:
They styled their house "The Lodge."

What right had a lounger up their lane?
But, by creeping very close,
With the good wall's help,—their eyes might strain
And stretch themselves to Oes,

Yet never catch her and me together,
As she left the attic, there,
By the rim of the bottle labelled "Ether",
And stole from stair to stair,

And stood by the rose-wreathed gate. Alas,
We loved, sir—used to meet:
How sad and bad and mad it was—
But then, how it was sweet!

注释

[1] a vale of tears,这是基督教对现世的一种隐喻,直译为“泪之谷”,《圣经·诗篇》中译为“流泪谷”。

[2] Ether,醚,是一种麻醉剂,同时 ether 又有“以太”、“高空”的双关义。

评析

放弃天国入场券的人

从第一节诗中,我们就明白了独白者是一位垂死的老人,牧师正在要求他作临终忏悔,要他看破现世,以求超升。

临终者的思路已经不很清晰,牧师唠叨了好几遍,他才听明白他的来意。随着从第三人称(“他尽在我耳边唠叨……”)到第二人称(“啊,牧师先生”)的转换,独白者才面对牧师,开始回答他的问题。

人物关系是清楚的,但独白者眼前的景象却是紊乱的,乍看上去甚至是荒诞的。当老人奉命思索一生之中有什么罪过需要忏悔时,眼前浮现了很久以前的一幅明朗的画面,但是它却和眼前的现实场景——临终的病床和成排的药瓶搀杂在一起了。诗中支离破碎、语无伦次的独白并非故弄玄虚,而是逼真地表现了重病人精神的恍惚与思路的零乱。

在幻觉中,阴暗的病房中现出了亮色,桌边从低到高的一排药瓶化成了斜坡上的小巷,绿色的帘子幻作了六月的蓝天,最高的药瓶(其中装的醚既是麻醉剂,又意味着蔚蓝的高天)是坡顶上最高的楼房,心爱的姑娘就住在楼顶的阁楼上……老人对牧师先生是很敬重的,他也还保持着现实感,所以抱歉地检讨说:我知道讲姑娘很不合适,有违忏悔的礼法;可是当他接着往下讲的时候,他仍旧无法控制自己,无法纳入“忏悔”的轨道,反而带着按捺不住的兴奋与幸福的心情,说出“可那儿还是有路……”,无比神往地叙述了他俩偷偷约会的过程。他零乱的语言恰巧应和了躲躲闪闪的行动——“我”在上坡,“她”在下楼,而“他们”在监视,镜头穿插交错,造成紧张的悬念……

据独白者的叙述判断,这对青年人的社会地位大概是很低的,住阁楼的姑娘可能是个婢女。他俩秘密相爱,既违背教规又触犯家法,是应当忏悔的严重罪孽。可是老人能对此忏悔吗?能否定他年轻时的恋情吗?要知道这可能是他一生体验过的唯一幸福,而这段恋情为时不过一个月就遭遇了“可悲”的结局,否定这个六月,就意味着否定了生活的美好,否定了在临终时还笼罩着他的光明与蔚蓝。

勃朗宁早在电影艺术问世之前,就在诗中熟练运用了蒙太奇和叠印手法,不仅是为了刻画病危者的心理状态,同时也是为了在强烈对比中引出强烈的戏剧冲突。对美好生活的爱和憧憬与教会否定现世的观点是不相容的。这一冲突在最后一节中达到了高潮。老人一往情深地说出了“我们常常相亲相昵”的真相后,对此用了三个互相冲突的形容词:

“可悲”指的是小人物悲惨的命运,

“不轨”指的是教会和舆论的谴责,

“狂悖”指的是青年时代对礼教的大胆冒犯。

在此时此刻感情的冲击中,老人最终说出的是什么话呢?他最终能否皈依牧师的教义呢?在牧师(以及读者)的期待中,老人说出了最后的话:

“可是,这却是多么甜蜜!”

从而表明他不为一生中唯一的幸福和美好忏悔,而宁可放弃灵魂进天国的资格。

选读诗 9 首

你总有一天将爱我

你总有一天将爱我，我能等
你的爱情慢慢地生长；
像你手里的这把花，经历了
四月的播种和六月的滋养。

今天我播下满怀的种子，
至少有几颗会扎下根；
结出的果尽管你不肯采摘，
尽管不是爱，也不会差几分。

你至少会看一眼爱的遗迹——
我坟前的一朵紫罗兰；
你的一眼就补偿了千般苦恋，
死有何妨？你总有爱我的一天！

You'll love me yet[1]

You'll love me yet! —and I can tarry
Your love's protracted growing:
June reared that bunch of flowers you carry,
From seeds of April's sowing.

I plant a heartful now: some seed
At least is sure to strike,
And yield—what you'll not pluck indeed,
Not love, but, may be, like.

You'll look at least on love's remains,
A grave's one violet:
Your look? —that pays a thousand pains.
What's death? You'll love me yet!

注释

[1] 题注：此诗是勃朗宁戏剧长诗《碧葩走过》里的一首抒情插曲，是作者最具浪漫主义色彩的小诗之一。

海外乡思

啊,但愿此刻身在英格兰,
趁这四月天,
一个早晨醒来,
谁都会突然发现;
榆树四周低矮的枝条和灌木丛中,
小小的嫩叶已显出一片葱茏,
听那苍头燕雀正在果园里唱歌,
在英格兰啊,在此刻!

四月过去,五月接踵来到,
燕子都在衔泥,白喉鸟在筑巢!
我园中倚向篱笆外的梨树
把如雨的花瓣和露珠
洒满了树枝之下的苜蓿田;
聪明的鸫鸟在那儿唱,把每支歌都唱两遍,
为了免得你猜想:它不可能重新捕捉
第一遍即兴唱出的美妙欢乐!
尽管露水笼罩得田野灰白暗淡,
到中午一切又将喜气盎然,
苏醒的毛茛花是孩子们的"嫁妆",
这华而俗的甜瓜花哪儿比得上它灿烂明亮!

Home-Thoughts, from Abroad[1]

Oh, to be in England
Now that April's there,
And whoever wakes in England
Sees, some morning, unaware,
That the lowest boughs and the brushwood sheaf
Round the elm-tree bole are in tiny leaf,
While the chaffinch sings on the orchard bough
In England—now!

And after April, when May follows,
And the whitethroat builds, and all the swallows!
Hark, where my blossomed pear-tree in the hedge
Leans to the field and scatters on the clover
Blossoms and dewdrops—at the bent spray's edge—
That's the wise thrush; he sings each song twice over,
Lest you should think he never could recapture
The first fine careless rapture!
And though the fields look rough with hoary dew
All will be gay when noontide wakes anew
The buttercups, the little children's dower
—Far brighter than this gaudy melon-flower!

注释

[1] 题注：此诗大概作于 1844 年勃朗宁的意大利之行中，是对英格兰自然风光精细入微又柔情脉脉的描写。

夜半相会

灰蒙蒙的海,一带黑色的陆,
大而黄的半个月亮低悬天边。
浪花儿朵朵从睡梦中惊跳,
化作小圈儿无数,磷火闪耀。
我驾小船驶入小小的海湾。
就在泥泞的海涂稳稳刹住。

在带海腥味的滩头走一哩路,
越过三块田,一座农庄出现。
窗玻璃上轻弹,嗤的一声摩擦,
擦燃的火柴喷出一朵蓝花。
又惊又喜的一声呼,但这呼唤
早被两颗心同跳的声音盖住!

Meeting at Night[1]

The grey sea and the long black land;
And the yellow half-moon large and low;
And the startled little waves that leap
In fiery ringlets from their sleep,
As I gain the cove with pushing prow,
And quench its speed i' the slushy sand.

Then a mile of warm sea-scented beach;
Three fields to cross till a farm appears;
A tap at the pane, the quick sharp scratch
And blue spurt of a lighted match,
And a voice less loud, thro' its joys and fears,
Than the two hearts beating each to each!

注释

[1] 题注：此诗和下一首《清晨离别》本是一首诗的上下两部分并构成对偶关系：夜半对清晨，相会对离别，月亮对太阳，阴柔对阳刚，依存对独立。

《夜半相会》是独白者赴夜半幽会的细腻描写，诗人对此作了戏剧化处理，专写赴约路程，而在“两颗心同跳”处戛然而止。

清晨离别

绕过海岬大海扑面而来，
太阳在山边缘刚刚露脸：
一条笔直的金路在他面前，
而我需要一个男性的世界。

Parting at Morning[1]

Round the cape of a sudden came the sea,
And the sun looked over the mountain's rim:
And straight was a path of gold for him,
And the need of a world of men for me.

注释

[1] 题注：此诗是前一首的继续，展现的是清晨的朝气和广阔的胸襟。勃朗宁一反爱情诗常规，不写两情缱绻难分难舍，却写主人公在销魂的幽会后仍然需要他的事业、他的理想。

一生中的爱

一间又一间，
我把我俩同住的住宅
里外全搜遍。
心哪，不要怕，心，你马上会找到她，
找到她自己！而不是她刚走后
留给帘子的扰动，留给躺椅的香气！
经她刷过，帘顶的花边重又华丽鲜艳，
经她羽毛轻拂，穿衣镜光洁耀眼。

一天又将尽，
一扇门又一扇门；
我再试试新运气——
巡视这深宅大院，从外向里。
结果仍是这么不凑巧——总是她出我进。
我整天都花在求索中，有谁过问？
看天色已晚，还有那么些套房要查探，
还有那么些密室和小间要搜寻！

Love in a Life[1]

Room after room,
I hunt the house through
We inhabit together.
Heart, fear nothing, for, heart, thou shalt find her—
Next time, herself! —not the trouble behind her
Left in the curtain, the couch's perfume!
As she brushed it, the cornice-wreath blossomed anew:
Yon looking-glass gleamed at the wave of her feather.

Yet the day wears,
And door succeeds door;
I try the fresh fortune—
Range the wide house from the wing to the centre.
Still the same chance! she goes out as I enter.
Spend my whole day in the quest,—who cares?
But 'tis twilight, you see,—with such suites to explore,
Such closets to search, such alcoves to importune!

注释

[1] 题注：此诗和下一首是一对孪生小诗，选自戏剧独白诗集《男男女女》，属哲理性戏剧诗。按照勃朗宁的哲学思想，人的一生注定在追寻中度过，"人的企及要超过他的把握"，而理想总是位于不可企及之处。强者无悔，尽管遭受挫折，追寻者不屈不挠，决心"让这追求占去我的一生"。

爱中的一生

逃避我吗?
不成。
我的爱人!
只要我是我,你是你,
只要世界包容着你我,
我一往情深而你却要躲,
我就必然要追寻不已。
我怕我的一生全是个错,
它看来简直太像命运,
哪怕我竭尽全力也难成。
但达不到目的也不算什么!
只不过是保持紧张的神经,
受了挫折,也就一笑置之,
摔了一跤,爬起来重新开始,
就让这追求占去我的一生。
只要你从远方回顾
望一眼黑暗中的我,
每当旧的希望失落,
新的希望立即把它填补,

但我注定

永远

难以接近!

Life in a Love

Escape me?
Never—
Beloved!
While I am I, and you are you,
So long as the world contains us both,
Me the loving and you the loth,
While the one eludes, must the other pursue.
My life is a fault at last, I fear:
It seems too much like a fate, indeed!
Though I do my best I shall scarce succeed.
But what if I fail of my purpose here?
It is but to keep the nerves at strain,
To dry one's eyes and laugh at a fall,
And, baffled, get up and begin again,—
So the chace takes up one's life, that's all.
While, look but once from your farthest bound
At me so deep in the dust and dark,
No sooner the old hope goes to ground
Than a new one, straight to the self-same mark,

I shape me—

Ever

Removed!

忏悔室

（西班牙）

1

这是欺骗——他们的神父和教皇，
他们的圣徒……他们的敬畏和希望，
全是欺骗，欺骗！尽管牢门重重，
四面是墙，上下没一道缝，
欺骗，他们欺骗！——我要高喊，
直到我的声音被全世界听见！

2

你们以为教士们圣洁公正！
是他们把我抓进这囚笼，
要知道以前我也是个人，
有血有肉，和你们相同，
是一个快活美丽的姑娘，
像你们外面的百合花一样。

3

我曾有过情人——不必为此害羞！

我可怜的身体,如今可怕而枯瘦,
曾在他纯真的吻下销熔,——
爱情把他的唇染上了心的鲜红,
一夜间他把我全身吻遍,吻醉,
我的灵魂啊,在燃烧的雾里飞。

4

第二天,周围的一切恢复常规,
把我的神智纳入了正轨,
我说:“我有罪,”垂下了眼光,
我慢慢移步走向教堂,
走向忏悔席,面向着神父——
一位慈祥的老者,把一切说出。

5

我支吾着说出贝尔特兰的姓名,
“哈?”神父说,“你的罪甚重,
但是又何必无谓地伤悲?
别绝望——还可以努力挽回!
不但如此,我能把你的爱情
化为合法,甚至几乎化为神圣。

6

“因为他还年轻,只是误入迷途,

这个贝尔特兰，据说他企图
把教会和国家的法律改变；
所以，天使的任务落在你的双肩
你应当在天雷轰响前把乌云
扫除，从而拯救他的灵魂。

7

“当他躺在你的胸脯上时，
你可以盘问他，设法得知
他的全部计划，第二天你悄悄
来找我，把这些计划向我报告，
以便我和教士们斋戒苦修，
涤净他的灵魂上的污垢。”

8

神父的胡须白又长，他额上
似乎闪耀着爱和真理之光；
我回去了，高兴得心里发热，
当天晚上，我就对情郎说：
对爱人应当把胸怀敞开，
告诉我一切，来证实你的爱。

9

即便为了进天堂，他也绝不会说，

可是他把一切都告诉了我；
我听着，心里充满了自豪！
等他离开了我身边，一清早，
我迈着轻快的步子走向教堂，
去拯救他的灵魂，不顾他的愿望。

10

我把他的计划都告诉了神父；
把他的同志和目标全盘说出；
我说："拜托你们赶快祈祷，
把他灵魂中的一点瑕疵除掉；
今晚他来时会焕发新的光彩！"
天黑了，可是他整夜没有来。

11

第二夜也没有来，第三天早上
我鼓起新的力气走向教堂，
教堂里空空如也；有一种力
引着我的脚步向街上走去，
我知道，它把我引向市场——
在那儿，瞧，神父的脸高高在上！

12

黑魆魆的绞刑台钉上了滑车，

但愿上帝叫其余一切沉没！
眼被蒙住，头往后勒，
双手紧缚，胸脯赤裸，
绞刑吏上来，抓紧时刻，
一双手轻轻把脖子抚摸……

13

他们没有希望，没有敬畏和顾虑，
对他们，既没有天堂也没有地狱！
这里连地也没有，没有羊圈大的地，
我的身子在他们最坏的囚室里，
让上帝和人承受我的呼喊：
欺骗，欺骗——全是欺骗！

The Confessional[1]

(Spain)

I

It is a lie—their Priests, their Pope,
Their Saints, their...all they fear or hope
Are lies, and lies—there! through my door
And ceiling, there! and walls and floor,
There, lies, they lie—shall still be hurled
Till spite of them I reach the world!

II

You think Priests just and holy men!
Before they put me in this den
I was a human creature too,
With flesh and blood like one of you,
A girl that laughed in beauty's pride
Like lilies in your world outside.

III

I had a lover—shame avaunt!

This poor wrenched body, grim and gaunt,
Was kissed all over till it burned,
By lips the truest, love e'er turned
His heart's own tint: one night they kissed
My soul out in a burning mist.

IV

So, next day when the accustomed train
Of things grew round my sense again,
"That is a sin," I said: and slow
With downcast eyes to church I go,
And pass to the confession-chair,
And tell the old mild father there.

V

But when I falter Beltran's name,
"Ha?" quoth the father; "much I blame
The sin; yet wherefore idly grieve?
Despair not—strenuously retrieve!
Nay, I will turn this love of thine
To lawful love, almost divine.

VI

"For he is young, and led astray,

This Beltran, and he schemes, men say,
To change the laws of church and state;
So, thine shall be an angel's fate,
Who, ere the thunder breaks, should roll
Its cloud away and save his soul.

VII

"For, when he lies upon thy breast,
Thou may'st demand and be possessed
Of all his plans, and next day steal
To me, and all those plans reveal,
That I and every priest, to purge
His soul, may fast and use the scourge."

VIII

That father's beard was long and white,
With love and truth his brow seemed bright;
I went back, all on fire with joy,
And, that same evening, bade the boy
Tell me, as lovers should, heart-free,
Something to prove his love of me.

IX

He told me what he would not tell

For hope of heaven or fear of hell;
And I lay listening in such pride!
And, soon as he had left my side,
Tripped to the church by morning-light
To save his soul in his despite.

X

I told the father all his schemes,
Who were his comrades, what their dreams;
"And now make haste," I said, "to pray
The one spot from his soul away;
To-night he comes, but not the same
Will look!" At night he never came.

XI

Nor next night: on the after-morn,
I went forth with a strength new-born.
The church was empty; something drew
My steps into the street; I knew
It led me to the market-place:
Where, lo, on high, the father's face!

XII

That horrible black scaffold dressed,

That stapled block...God sink the rest!
That head strapped back, that blinding vest,
Those knotted hands and naked breast,
Till near one busy hangman pressed,
And, on the neck these arms caressed ...

XIII

No part in aught they hope or fear!
No heaven with them, no hell! —and here,
No earth, not so much space as pens
My body in their worst of dens
But shall bear God and man my cry,
Lies—lies, again—and still, they lie!

注释

[1] 题注：这是勃朗宁批判教会伪善的文字中最强烈的一篇，副题标明其背景地是西班牙。按：西班牙天主教会中世纪的宗教裁判就以残暴闻名；而在勃朗宁当代，拿破仑失败后西班牙王政复辟，正在天主教会支持下全力镇压自由激进势力。

最后一次同乘

1

我说：那么，亲爱的，既然如此，
既然终于知道了我的命运，
既然我的全部爱情无济于事，
我视作生之意义的，已经落空，
　既然无可挽回，一切注定——
我就集中全部心志，骄傲地
祝福和感谢你的芳名！
收回你给予我的希望吧，
我只要你保留同等的记忆，
再加上——如果你不见怪——
　请同意与我最后一次同乘。

2

但见我的恋人皱着眉头，
深而黑的眼睛盯了我一歇。
生死双方在天平上争斗，
直到怜悯终于软化而妥协。
　冲破了骄傲的迟疑不决，

我最后的念头毕竟没有落空，
我身上又重新充满热血：
我和我的恋人，肩并肩，
将一同乘行，一同呼吸，
这样，我面对挑战又一天。
　谁保证世界今夜不会终结？

3

嘘！如果你看见一朵西方的云
胸怀浪涛滚滚，身负重荷——
满载着太阳月亮的祝福，
外加再载上黄昏的星辰——
　只要你凝视它而且爱得深，
就会觉得你的一腔情热
吸引着云和星、日没与月升，
一齐向你降落，越来越近，
直到凡躯消失，天堂降临！——
她就这样俯身向我，在我胸口上
　迟疑了一瞬——喜和惊的一瞬！

4

于是我们开始骑行。我的心——
痉挛的一卷心——把自己舒开，

抚平,迎着凉爽的清风飘拂,
过去的希冀都已留在背后,
　何必竭力去强扭生活?
假设我说了那,假设我做了这,
我可能有所得,也可能有所失。
当初能使她爱我么?弄巧成拙,
她或许还会恨我,谁敢说!
弄到最糟时我岂能有今日?
　而今日我们同乘——她与我。

5

唯独我失败吗,我的言和行?
可是大家奋斗,又有谁成功?
乘行中我的精神仿佛在飞翔,
看见陌生的地区、新的城,
　世界在两侧飞速驶行。
我想:大家奋斗,但与我一样
也在不成功的重压下咬牙坚持。
看看工作的结果吧,比较一下
微小的成就与巨大的未成,
他们的现实与满怀希望的昔日!
　我曾希望同心;而如今却同乘。

6

什么手和脑能完全匹配？
什么心能构思也敢于作为？
什么行动证实过全部预想？
什么心志不曾遇到身的屏障？
　乘行中我见她胸口起伏微微。
有各种金冠供人们摘取。
十个政治家足有十种运道！
胜利的旗帜插于白骨一堆——
士兵的功绩！有何酬劳？
寺院墓园里姓名刻碑。
　我的乘行要胜一筹，恕我冒昧。

7

诗人哪，这一切有何意义？不错，
你的头脑按节奏跳动，你说出
我们仅能隐隐感到的事情；
你表现你把美看作至善，
　还把它全押上韵，极工整。
这真是本领，大本领！但是
你自己可曾享有人们的福气？
你自己——贫病交困，未老先衰，

比起我们从未做过诗的人
可有一丝更接近你的峰顶?
　唱同乘之乐吧！所以,我乘行。

8

而你,雕塑大师,你为艺术
做奴仆,数十年如一日,
我们却情愿离开你的维纳斯,
回头看那边涉溪的村姑!
　你已默认,我又何必抱怨?
咳,音乐家,你鬓发已灰白,
除了音符,你别无其他语言,
这是你朋友唯一的赞词么?——
“他的歌剧有宏大的抱负,
但我们知道,音乐的时尚常变!”
　我付出青春;但我乘行,趁晴天。

9

谁知道什么是我们的福?假如
命中有现世的福使我的存在
升华,——假如我签过契约——
人终究要过来世生活,临死时
　远远望见那极乐世界。

这脚,曾立足于实在的目标,
这花冠,曾在我灵魂上戴,
我能望见这些么? 费疑猜!
我畏缩着后退,我不信赖。
地上这样美,天堂岂能超越?
　现在,天堂和她都在乘行之外。

10

可是,她这么久都不发一言!
假如天堂就是: 在生命之巅,
美而强,把我们的目光投向
初次发现生命之花的地方,
　并让我们固定在这一瞬间?
假如就让我俩继续乘行,
让生命永远既老又新,
只有量变啊,没有质变,
让这一瞬间化作永恒,——
证明天堂就是我和她
　永远同乘,同乘,同乘到永远?

The Last Ride Together[1]

I

I said—Then, dearest, since 'tis so,
Since now at length my fate I know,
Since nothing all my love avails,
Since all, my life seemed meant for, fails,
  Since this was written and needs must be—
My whole heart rises up to bless
Your name in pride and thankfulness!
Take back the hope you gave,—I claim
Only a memory of the same,
—And this beside, if you will not blame,
  Your leave for one more last ride with me.

II

My mistress bent that brow of hers;
Those deep dark eyes where pride demurs
When pity would be softening through,
Fixed me a breathing-while or two
  With life or death in the balance: right!

The blood replenished me again;
My last thought was at least not vain:
I and my mistress, side by side
Shall be together, breathe and ride,
So, one day more am I deified.
  Who knows but the world may end to-night?

III

Hush! if you saw some western cloud
All billowy-bosomed, over-bowed
By many benedictions—sun's
And moon's and evening-star's at once—
  And so, you, looking and loving best,
Conscious grew, your passion drew
Cloud, sunset, moonrise, star-shine too,
Down on you, near and yet more near,
Till flesh must fade for heaven was here! —
Thus leant she and lingered—joy and fear!
  Thus lay she a moment on my breast.

IV

Then we began to ride. My soul
Smoothed itself out, a long-cramped scroll

Freshening and fluttering in the wind.
Past hopes already lay behind.
  What need to strive with a life awry?
Had I said that, had I done this,
So might I gain, so might I miss.
Might she have loved me? just as well
She might have hated, who can tell!
Where had I been now if the worst befell?
  And here we are riding, she and I.

V

Fail I alone, in words and deeds?
Why, all men strive and who succeeds?
We rode; it seemed my spirit flew,
Saw other regions, cities new,
  As the world rushed by on either side.
I thought,—All labour, yet no less
Bear up beneath their unsuccess.
Look at the end of work, contrast
The petty done, the undone vast,
This present of theirs with the hopeful past!
  I hoped she would love me; here we ride.

VI

What hand and brain went ever paired?
What heart alike conceived and dared?
What act proved all its thought had been?
What will but felt the fleshly screen?
  We ride and I see her bosom heave.
There's many a crown for who can reach.
Ten lines, a statesman's life in each!
The flag stuck on a heap of bones,
A soldier's doing! what atones?
They scratch his name on the Abbey-stones.
  My riding is better, by their leave.

VII

What does it all mean, poet? Well,
Your brains beat into rhythm, you tell
What we felt only; you expressed
You hold things beautiful the best,
  And pace them in rhyme so, side by side.
'Tis something, nay 'tis much: but then,
Have you yourself what's best for men?
Are you—poor, sick, old ere your time—

Nearer one whit your own sublime
Than we who never have turned a rhyme?
  Sing, riding's a joy! For me, I ride.

VIII

And you, great sculptor—so, you gave
A score of years to Art, her slave,
And that's your Venus, whence we turn
To yonder girl that fords the burn!
  You acquiesce, and shall I repine?
What, man of music, you grown gray
With notes and nothing else to say,
Is this your sole praise from a friend,
"Greatly his opera's strains intend,
But in music we know how fashions end!"
  I gave my youth: but we ride, in fine.

IX

Who knows what's fit for us? Had fate
Proposed bliss here should sublimate
My being—had I signed the bond—
Still one must lead some life beyond,
  Have a bliss to die with, dim-descried.

This foot once planted on the goal,
This glory-garland round my soul,
Could I descry such? Try and test!
I sink back shuddering from the quest.
Earth being so good, would heaven seem best?
  Now, heaven and she are beyond this ride.

X

And yet—she has not spoke so long!
What if heaven be that, fair and strong
At life's best, with our eyes upturned
Whither life's flower is first discerned,
  We, fixed so, ever should so abide?
What if we still ride on, we two
With life for ever old yet new,
Changed not in kind but in degree,
The instant made eternity,—
And heaven just prove that I and she
  Ride, ride together, for ever ride?

注释

[1] 题注：这是勃朗宁“求爱失败”系列的又一首诗，诗中独白者也表现出男子汉的自制力和豁达胸怀，属于勃朗宁的“高尚的失败者”形象。主人公认识到求爱已经失败，无法强扭，他的长篇独白已不是试图说服恋人，而是试图说服自己。

随着骑马同行的进程，在迎面清风的吹拂下，他努力把“痉挛的一卷心”舒开，抚平，重建现实冷静的心态。他认识到，“微小的成就”对应“巨大的未成”是生活的普遍规律，哪怕求爱失败，但对真情的体验仍将珍惜。他的哲理思辨包括成败渗透的辩证法、对功名的反讽和对现世美好情感体验的肯定。

青春和艺术

曾有过一次可能，仅仅一次：
当时我们同住一条街道，
你是独住在屋顶上的麻雀，
我是同样毛色的孤单雌鸟。

你的手艺是木棍和黏土，
你成天又捣又捏，又磨又拍，
并且笑着说："请拭目以待，
瞧史密斯成材，吉布森下台。"

我的事业除了歌还是歌，
我成天啁啁啾啾，啭鸣不歇，
"凯蒂·布劳恩登台之日，
格丽西将黯然失色！"

你为人塑写生像所得无几，
跟我的卖唱彼此彼此。
你缺少的是一方大理石，
我缺少一位音乐教师。

我们勤奋钻研各自的艺术，
而只啄食一点面包皮果腹。
要找空气，就开窗望瓦面，
要找笑料，就瞧对方的窗户。

你懒懒散散，南方孩子的神气，
便帽，工作服，还有一抹胡须；
说不定是你用沾泥的手指
擦嘴的时候糊上去的。

而我呢，没多久也就发现
花篱笆的空隙是个弱点，
我不得不挂起了窗帘，
我穿花边紧身衣才能保安全。

没坏处！这又不是我的错，
当我在高音E上唱出颤音，
或是爬上了一串半音阶的坡，
你呀，你连眼角都没扫过我。

春天吩咐麻雀们成双对，
小伙子和姑娘们都在相猜，
我们街上的摊子可真美——

点缀着新鲜的香蒲、香菜。

为什么你不捏个泥丸，
插朵花儿扔进我窗里来？
为什么我不含情回眸，
把无限的感激之意唱出来？

我若回眸时凶得像只山猫，
每当你那儿有模特儿来到，
轻佻的姑娘轻快地上楼，
至今我回想起来还气恼！

可是我也给了你一点儿好看！——
“那个外国人来调钢琴那天，
她干吗显出一副顽皮相，
谁知道她付人家什么价钱？”

你是否可能说而未说出来：
“让我们把手和命运联在一道，
我把她接到街这边来，
连同她的钢琴和长短调？”

不啊不，你不会鲁莽行事的，

我也不会比你更轻率：
你还得赶超和征服吉布森，
格丽西也还处于黄金时代。

后来，你已经受到亲王邀请，
而我成了盛装舞会的王后。
我嫁了个富有的老贵族，
你被授予爵士和院士衔头。

可是我们的生活都不满足，
这生活平静、残缺、拼凑、应付，
我们没有尽情地叹、尽情地笑，
没有挨饿、狂欢、绝望——没有幸福。

没有人说你是傻瓜、笨蛋，
大家都夸我聪明、能干……
一生只可能遇到一次啊，
我们却错过了它，直到永远。

Youth and Art[1]

It once might have been, once only:
We lodged in a street together,
You, a sparrow on the housetop lonely,
I, a lone she-bird of his feather.

Your trade was with sticks and clay,
You thumbed, thrust, patted and polished,
Then laughed "They will see some day
Smith made, and Gibson[2] demolished."

My business was song, song, song;
I chirped, cheeped, trilled and twittered,
"Kate Brown's on the boards ere long,
And Grisi's[3] existence embittered!"

I earned no more by a warble
Than you by a sketch in plaster;
You wanted a piece of marble,
I needed a music-master.

We studied hard in our styles,
Chipped each at a crust like Hindoos,
For air, looked out on the tiles,
For fun, watched each other's windows.

You lounged, like a boy of the South,
Cap and blouse—nay, a bit of beard too;
Or you got it, rubbing your mouth
With fingers the clay adhered to.

And I—soon managed to find
Weak points in the flower-fence facing,
Was forced to put up a blind
And be safe in my corset-lacing.

No harm! It was not my fault
If you never turned your eye's tail up
As I shook upon E *in alt.*[4]
Or ran the chromatic scale up:

For spring bade the sparrows pair,
And the boys and girls gave guesses,
And stalls in our street looked rare

With bulrush and watercresses.

Why did not you pinch a flower
In a pellet of clay and fling it?
Why did not I put a power
Of thanks in a look, or sing it?

I did look, sharp as a lynx,
(And yet the memory rankles)
When models arrived, some minx
Tripped up-stairs, she and her ankles.

But I think I gave you as good!
"That foreign fellow,—who can know
How she pays, in a playful mood,
For his tuning her that piano?"

Could you say so, and never say
"Suppose we join hands and fortunes,
And I fetch her from over the way,
Her, piano, and long tunes and short tunes?"

No, no: you would not be rash,

Nor I rasher and something over:
You've to settle yet Gibson's hash,
And Grisi yet lives in clover.

But you meet the Prince[5] at the Board,
I'm queen myself at *bals-paré*,[6]
I've married a rich old lord,
And you're dubbed knight and an R.A.[7]

Each life unfulfilled, you see;
It hangs still, patchy and scrappy:
We have not sighed deep, laughed free,
Starved, feasted, despaired,—been happy.

And nobody calls you a dunce,
And people suppose me clever:
This could but have happened once,
And we missed it, lost it for ever.

注释

[1] 题注：此诗是一个女歌唱家的独白，因带有“讲述”的味道，不属于勃朗宁最典型的戏剧独白诗；不过也可设想为凯蒂写给史密斯自白的一封信。

[2] John Gibson (1790—1866)，英国雕塑家。

[3] Giulia Grisi (1811—1869)，意大利女高音歌唱家。

[4] 即 High E，高音 E。

[5] 应指维多利亚女王的丈夫阿尔伯特亲王(Prince Albert, 1819—1861)，他是一个艺术庇护人。

[6] *bals-paré*，法语，即 fancy-dress balls，常译“化装舞会”，为了与戴假面具的 masquerade(亦译“化装舞会”)相区别，现译为盛装舞会。

[7] R. A.，指 Royal Academy of Arts(皇家艺术院)院士。

勃朗宁批评举要

飞白按：

勃朗宁作品的批评史很富于戏剧性。勃朗宁二十岁时的少作《波琳》遭到一致贬斥，标志的是浪漫主义时代的终结；他二十八岁出版的《索尔戴洛》又招致批评讨伐，他的诗被贴上了晦涩、不可解、语言别扭等标签，从此负面评价长期难以消除。勃朗宁努力探寻路径，开拓诗的新领域，评论界的接受却异常迟钝缓慢，他的创新迟迟得不到社会承认。尽管《戏剧抒情诗》一度为他带来过转机，但他仍经历了一个“出口转内销”过程，正面评价首先来自美国和法国。直到他四十九岁从意大利回国，英国国内的勃朗宁评价才真正好转。当《指环与书》为他赢得盛名时，勃朗宁已经五十七岁，评论界的慢热经历了数十年的过程。

此时情况完全反转，评论界从慢热变成了过热，勃朗宁作品的晦涩难懂也被解释为他深刻的表现。勃朗宁在生平的最后二十年间不仅享有盛名，还被捧成了“人生导师”和“乐观主义哲学家”。

勃朗宁死后盛名消减，经受了一次世界大战和社会动乱摧残，被捧起来的勃朗宁形象在人们眼中显得虚假，因此在二十世纪前期的很长时间内，勃朗宁评价都受“乐观主义”标签拖累。桑塔亚纳的《野蛮主义诗歌》是贬低勃朗宁的批评之典型。勃朗宁的作品还遭到现代主义诗歌运动冲击,评价遂陷入低谷。

从 1930 年代到 1950 年代,随着德斐恩等研究者陆续推出有分量的评论、诠释、传记类著作,勃朗宁的名声逐渐恢复。此后勃朗宁研究持续深入开展,研究和评价也回归了诗歌艺术性和创造性的正途。学者们如今认识到,二十世纪初期的现代主义诗歌恰恰是得益于勃朗宁,勃朗宁的开拓之功对现代派诗人们产生了巨大影响和推动,庞德和艾略特都是明显的实例。

二十世纪中叶以来勃朗宁研究继续长盛不衰。由于勃朗宁诗歌的难读难懂、层次复杂,诠释导读类著作应读者需要而生,在勃朗宁批评中占有重要比例。勃朗宁以毕生之力开拓的戏剧独白诗仍然是关注的焦点,由此也旁及读者反应、接受美学等批评理论。二十世纪后期引人注目的理论当属哈罗德·布卢姆的"影响的焦虑"和"误读"学说,勃朗宁是他作为论证依据的重要"强者诗人"。还有个有趣的现象是:勃朗宁成了学者和研究生们写论文的热门选题,当然,为学位或为评职称写的著作汗牛充栋,但真有分量的属少数。学者们认为:勃朗宁至今仍属评价不足的主要英语诗人。

这里对百余年来的勃朗宁批评论著试作择要介绍,对有代表性的批评理论和勃朗宁戏剧独白诗探讨加以重点关注。

利钦杰、斯莫利(编)

《勃朗宁的同时代评论》

Eds. Litzinger, Boyd & Smalley, Donald

Robert Browning: *The Critical Herritage*

Routledge and Kegan Paul; Barnes & Noble Inc., 1970

本书编者汇编 1840—1891 年对勃朗宁的主要评论,并撰写了详实的前言。

勃朗宁同时代的文学评论界对勃朗宁的承认是非常滞后的,而勃朗宁则坚持自己对评论界的独立性,他表示:虽然听到好评是开心事,但他不会去迎合评论界。

编者把勃朗宁的创作划分为"生涩"、"成熟"和"颠峰"三时期。在 1833 年开始的生涩期中,勃朗宁作了各种努力探索,但得到的多是负面评价。在十九世纪四十至五十年代的成熟期中,评论界也仍未能理解勃朗宁作品的历史价值。1855 年出版的《男男女女》中包含着勃朗宁最好的一些戏剧独白诗,他的夫人伊丽莎白说:"我敢用生命下赌:这些诗是他最有才华的作品。"但当时对《男男女女》的主流评论却全是这样一个口径:"浪费了精力,误用了力量","变态,粗率,不良趣味","对这种作品,现在真该叫停了"。唯有二十一岁的青年诗人莫里斯质问道:"我真纳闷,假如《丹麦王子哈姆莱特》在 1855 年初版,这些评论家会说些什么?"

成熟期的勃朗宁面对负面评论虽很失望,但已抱充分自信。他告诉忧心忡忡的出版商:"对动物园的说话方式你不必在意。大猴子一声呼:'唬唬……!'小猴子就齐声应:'咴咴……!'哪天我失去了耐心,就要用雨伞尖戳他们一下子。"不过这时,以拉斐尔前派为代表的年轻一代已是勃朗宁的热烈拥护者,他的诗在欧陆和美国也受到欢迎。

伊丽莎白1861年去世后,勃朗宁从意大利返回英国。他的名声和诗的销路才都进入旺季。他的《诗选》和新作诗集《戏剧人物》得到评论界姗姗来迟的肯定,回顾性的重新评价随之而来,1868年第一本勃朗宁评论专著——奈托席普的《罗伯特·勃朗宁诗研究论集》出版,勃朗宁热持续升温。但正如勃朗宁所说,不管评价如何,他将坚持走自己的路,"我怎样开始,也将怎样结束"。1868—1869年他出版了篇幅宏大的戏剧独白诗巨著《指环与书》,受到评论界和读者热捧。就连一贯对勃朗宁不友好的文学刊物《雅典娜》也不吝赞美之辞:"《指环与书》不但是我们当代无可比拟的最高诗歌成就,而且是自莎士比亚以来英国产生的最宝贵、最深刻的精神财富。"

勃朗宁此后仍勤奋写作不辍,作品题材和形式非常多样,却已难再达到他自己的最佳水平。1881年在伦敦成立了勃朗宁研究会,其活动包括研讨问题、写作论文、编纂书目等。勃朗宁有时会给他们解答问题,提供一些诗的写作背景,偶然也会审阅他们的论文稿。勃朗宁研究会也衍生到了英国以外的英语世界的各个角落,到处举办勃朗宁诗歌朗诵会。在美国,小说家马克·吐温说他在当地勃朗宁研究会朗诵了好几十次,来者非常踊跃,要求入场就像要求特权似的。

在他生命的最后一年,勃朗宁作品十六卷本已经编成。1889年12月,勃朗宁在威尼斯他儿子家中养病,他去世之日正值十六卷的最后一卷出版,而且压卷之作《阿索兰多》大获好评,电报于当天下午发到了他的床边。

勃朗宁身后的评论经历了一个波浪起伏。起初是十九世纪末到二十世纪初的高调颂扬,而且重心偏离了诗,偏到了哲学思想和宗教思想上,为日后的反弹埋下了种子。随后是一次世界大战和现代主义文学运动兴起时期对维多利亚时代诗歌的全面贬抑。经这样大起大落后,到二十世纪三十至四十年代勃朗宁研究才走上稳定发展的道路,研究重心也回到了诗艺的正轨,W. O.雷蒙德和威廉·德斐恩的研究对此有奠基之功。

奥尔夫人

《勃朗宁作品导读手册》

Mrs. Orr, Sutherland

A Handbook to the Works of Robert Browning

Bell, 1885

作者奥尔夫人(1828—1903)是文艺爱好者,因其兄是勃朗宁的朋友,而与勃朗宁相识。勃朗宁从意大利回国后,和奥尔夫人都定居于伦敦,彼此交往密切,她成为勃朗宁学会的赞助人和理事,也常记录勃朗宁诗中的难点并写注释。应学会成员要求,她在勃朗宁的鼓励和帮助下写成《勃朗宁作品导读手册》,1885 年初版,1892 年的第六版是经最后修订的定稿,后多次重印。由于多年的个人交往,她作的《勃朗宁生平和书信》(1891)也有其史料价值。

柯尔森

《勃朗宁诗歌导读》

Corson, Hiram

An Introduction to the Study of Robert Browning's Poetry

D.C. Heath, 1886

本书作者柯尔森(1828—1911)是美国康奈尔大学教授,作者指出:勃朗宁的诗是英语诗中最复杂难懂的,而他擅长用独特的戏剧独白或心理独白艺术形式,又为他的作品增添了结构上的难度,本书的宗旨是帮助读者降低研读勃朗宁的难度,这也是同类书籍中做得较早的。

作者认为,勃朗宁创作的诗的总量及其思想和情感的丰富超过莎士比亚以后的任何英语诗人,而勃朗宁对考察人性多样性表现的深刻兴趣也堪与莎士比亚相比。在对性格与艺术问题以及勃朗宁诗的特点作总的研讨后,本书选择数十首勃朗宁作品作了导读,后面部分是加有注释的诗选。

亨利·詹姆斯

《勃朗宁在西敏寺》

James, Henry

Browning in Westminster Abbey (1890)

from Drew, Philip. ed. *Robert Browning: A Collection of Critical Essays.* Methuen and Co., 1966

伦敦著名的威斯敏斯特教堂(常常简称为西敏寺)是英国的圣地,这里安葬着英国历代帝王和伟人,其中最著名的“诗人角”里葬有乔叟、丁尼生、勃朗宁、哈代、狄更斯等诗人和作家。本文为英国著名小说家、文学评论家亨利·詹姆斯为勃朗宁入葬西敏寺“诗人角”而作。

英国应当把最高荣誉给予她最伟大的诗人之一,这是早就预知的结论,热爱他的人们在他的天才和作品中看到了把想象应用于成千种主题的不可抗拒的范例。吊诡的是:我们真正拥有一个伟人的时刻是我们失去他的时刻,西敏寺对我们最仁慈的时候是我们把一个宝贵的声音送入寂静的时候。

在西敏寺的昏暗中永享不朽的历史人物群体用塑像的冷眼仔细审视着每一位新加入者,并互相询问着对他该如何评价。实在很难排除一个念头:勃朗宁若拿他自己的葬礼在“诗人角”里引起的一阵骚动(有人故作神秘,有人持保留意见,当然也不免有流言蜚语的嗡嗡喧闹)来加以预先描绘和逗趣搞笑,他会多么感到享受!在“诗人角”里长久占主导的诗的清高传统,可谓无一处不遭勃朗宁打破,所以不难想象,他新结交的伙伴们面对着他,定会感到度量衡完全失衡。西敏寺里安葬着许多古怪的和伟大的作家,但是没有一个古怪作家有他这么伟大,也没有一个伟大作家有他这么古怪。这够那些碑铭上镌刻着的名人们去思考揣摩很久了,直到勃朗宁的刺儿头渐渐地被时间磨平。

至于我们这些从局外观察的公众呢,感到的就只是勃朗宁突出的现代性,即他的作品触及一切、尝试一切的品格,他以广博知识和游戏精神向僵硬围栏发起的挑战。他游戏于稀奇和古怪,但从不会被它们淹没,游戏只表明他的健壮和有力。他的强音里有对生命神奇的尊重和对生命考验的坚韧,意志的力和行动的美,性格的作用和感情的庄严。假定勃朗宁什么别的都没有为我们说过,他肯定也在对男人和女人特殊关系的处理上为我们表现了非同寻常的美。由于勃朗宁,"诗人角"这座崇高住所对后来的入住者或许会变得更为舒适。

爱德华·柏杜

《勃朗宁百科:罗伯特·勃朗宁作品研究指南》

(对所有难解段落均收有详尽注释和参考资料)

Berdoe, Edward

The Browning Cyclopaedia: *A Guide to the Study of the Works of Robert Browning with Copious Explanatory Notes and References on All Difficult Passages*

George Allen & Macmillan, 1891

爱德华·柏杜的职业是从业医生,他是动物保护主义者,同时又是勃朗宁研究专家。柏杜是勃朗宁学会的一位自始至终的积极参与者和理事。他在本书前言里说这是一部实用性的书,目的是把勃朗宁的巨著和广大读者间的距离拉近一点。书中对勃朗宁篇目和勃朗宁有关的条目按字母编排,举凡涉及的人物、事件、词语、意象及勃朗宁研究所涉宗教、科学等问题都收入其中,内容相当详实。自二十世纪以来曾多次重版和影印出版。

桑塔亚纳

《野蛮主义诗歌》

George Santayayna

The Poetry of Barbarism

from *Interpretations of Poetry and Religion*

Charles Scribner's Sons, 1900

桑塔亚纳(1863—1952)是美国哲学家、美学家、作家和评论家,哈佛大学教授,属西班牙籍但被视为美国学者。在勃朗宁同时代的负面评论过去之后,桑塔亚纳是二十世纪前期勃朗宁的主要批判者,他的观点曾影响一个时代。

他的论著《释诗和宗教》于1900年初版,《野蛮主义诗歌》是其中一章。桑塔亚纳的主旨是:"当诗干预生活时,诗就叫作宗教;当宗教仅仅替代生活时,宗教就不过是诗。"他认为古希腊文明是最好的文明,野蛮主义是其反面,他把现代社会的许多方面都列入野蛮主义范畴。现代诗因缺乏理想主义而是野蛮主义诗歌,惠特曼和勃朗宁是其突出典型。勃朗宁把文明生活的各种情感处理成了无数"野蛮的叫嚷",尽管他的诗情况复杂,如一台错综复杂的引擎呼呼喷气,但都猛烈而毫无目的,只是一群失控灵魂的活力在沸腾。

勃朗宁的诗富于力度和激情,他是具有充沛想象力的作家,是表现情感的大师。但在我们面前,他只是一个火山盲目爆发型的野蛮的天才。勃朗宁的问题是理性的欠缺和对完美的忽视。他的人物都属"现实主义"型,与现实生活中的男男女女一样,总是展现性格而达不到完整,发泄能量而无终极目的。如果勃朗宁被推荐为我们的人生导师,我们就有权对他的态度表达根本性的不满。

他诗中的说话人绝大部分的表现冲动粗鲁,勃朗宁却对他们热情地照单全收,从而把他的想象力的成功化为了理性的失败。他的艺术成了率性,他过分地耽于想象和虚构,以至于他的想象就和我们的梦境一样,成了个人出神入迷的一种发泄。例如,爱情是勃朗宁推崇的最高价值,但是在他笔下,爱情只是激情,虽从未堕落到情欲,但也从未上升到沉思,它永远是一种激情、一种冲动、一种催眠术。勃朗宁对柏拉图倡导的和基督徒在教堂里实践的精神之爱简直一窍不通,他只停留在经验之爱,对于他,理想是不存在的。他相信的灵魂是野蛮的灵魂,等于是他的兄弟伙惠特曼的"自然的我"。虽然在当今社会里野蛮的灵魂极其普遍,但是勃朗宁作为文明遗产的继承者不该如此。

德斐恩

《勃朗宁手册》

DeVane, William Clyde

A Browning Handbook

Appleton Century Crofts, 1935

德斐恩(1898—1965)是耶鲁大学文学教授和著名学者、耶鲁学院(即耶大文学院)院长。他的《勃朗宁手册》初版于1935年,后多次加工再版。

德斐恩认为,对勃朗宁的批评研究虽已取得不少成果,但极不平衡：诗人的一些思想、一些作品得到了研究，但成果分散，难以查找；而他的其余思想、作品却缺乏研究，或根本无人关注。这表明勃朗宁研究或“勃朗宁学”（与莎士比亚研究或“莎学”等相比）还很不成熟。“勃朗宁学”的当务之急，是把关于勃朗宁所有诗作的有价值的资料聚集统合起来，这工作因规模过于庞大，不可能做得完善，但必须认真完成，作为进一步开展研究的基础。本书不仅是对勃朗宁每首诗的解读，也是对勃朗宁思想发展脉络的追索，并试图把这二者结合起来。

本书内容包括勃朗宁生平、早期诗歌创作、《铃铛与石榴》、勃朗宁的中年时代、《指环与书》、七十年代作品、勃朗宁的最后十年，以及集外作品。含有勃朗宁每部作品的有关资料和研究情况综述。

利钦杰、尼克博克（编）

《勃朗宁批评文集》

Ed. Litzinger, Boyd and Knickerbocker, K. L.

The Browning Critics

University Press of Kentucky, 1965

自1889年勃朗宁去世以来，勃朗宁的诗作已成为重要的文学批评领域。本书汇集了G.桑塔亚纳、J. 查普曼、W.德斐恩等的二十一篇代表不同观点和运用不同方法的批评文章。编者在序言中介绍了勃朗宁批评涉及越来越广泛的题材。

德鲁

《勃朗宁诗作评介》

Drew, Philip

The Poetry of Browning: *A Critical Introduction*

Methuen, 1970

本书意在澄清勃朗宁批评中存在的成见和误区,研讨内容包括:勃朗宁诗作的客观化和戏剧独白特色、阅读勃朗宁诗的各种困难、勃朗宁别具一格的"乐观主义"和宗教伦理观、勃朗宁口语化的语言运用、勃朗宁与维多利亚时代的生活,以及对诸家褒贬勃朗宁观点的评论。

作者指出:勃朗宁以毕生之力开发了戏剧独白诗的独特技巧,其优势在于:(1) 戏剧独白诗可以吸引读者积极地参与到解读和感受中去;(2) 除作者和读者外,戏剧独白诗中的第三方"说话人"为叙事增添了趣味性;(3) 诗中形形色色"说话人"角色的广谱性,可使诗人突破自身的说话语调和生活经验,激励他对每个新角色尝试一种新鲜的写作方式;(4) 虽然戏剧独白诗中对身体动作多半只能靠暗示,从而比叙事诗少了一种描述手段,但是靠以第一人称说话之便,它在精细心理探索方面却获得了极大的优势;(5) 这一形式还为讽刺作者提供了旁敲侧击、讽刺挖苦的有力武器。

克罗威尔

《罗伯特·勃朗宁读者指南》

Crowell, N. B.

A Reader's Guide to Robert Browning

University of New Mexico Press, 1972

本书对勃朗宁的代表作择要评析，覆盖面不广，但讨论较为细致并有中肯之见。如在评析《圣普拉西德教堂的主教吩咐后事》时，指出此诗的建构特色是以反讽语调贯串始终。主教的独白以"虚空啊，传道者说，凡事皆虚空"的传道起首，而接下去他竭力争取的却是死后的虚荣、极尽豪奢的墓葬，言行形成鲜明反差。在刚说完"圣普拉西德教堂祈求的是宁静啊"后，他接着马上就讲他和前任主教曾为坟地而"连撕带咬地争夺"，也构成莫大的讽刺。对这位主教而言，宣讲经文不过是他的职业习惯，争夺享受、追求虚荣才是他的真实生活，有趣的是，在他看来二者互不相干，他毫不感到二者间存在矛盾。说到教堂内的尔虞我诈，说到他争得情妇和偷盗镇堂之宝等违规行为，他都面无愧色、心无罪感。他完全浸淫在文艺复兴世俗精神和感官欲望中，基督教的经文对他不具实质意义，只是说得很溜而好听的辞藻而已。作为陪衬，还有主教的儿子们像一群兀鹫贪婪地守候周围，而主教交代秘密时特意叫儿子们围拢点，还暗示着其他教堂人员也在门口窃听窥伺。

哈罗德·布卢姆

《影响的焦虑：一种诗歌理论》

Bloom, Harold

The Anxiety of Influence: *A Theory of Poetry*

Oxford University Press, 1973

哈罗德·布卢姆是耶鲁大学教授,美国当代影响最大的文学批评家。他在吸取尼采和弗洛伊德学说的基础上提出了一种修正历来文艺批评的理论——"影响的焦虑"和"误读"理论。布卢姆在一系列著作中阐述和运用了他的理论,《影响的焦虑》是其中的第一本和影响最大的一本。虽然本书并不侧重于勃朗宁批评,但因它是了解布卢姆理论体系及他的勃朗宁批评的基础,所以在此对其主要论点作一介绍。

后辈作家面对诗歌传统这个"父亲"形象,怀有俄狄浦斯情结。因自己作为迟来者被笼罩在前辈影响阴影下,而产生"影响的焦虑"。诗人中的强者不甘心于仅仅做崇拜者和模仿者,而要求创造出自己的独特风格。为了超脱影响的焦虑,便通过"误读"其前辈诗人的作品来与传统搏斗,贬斥和否定传统的价值观念,以形成自己的特色,树立自己的诗人形象。自文艺复兴以来,一部西方诗歌的影响史,就是一部"影响的焦虑"和"自我拯救"的历史,即强者诗人们为了开拓出自己的想象空间而一代代误读前人的历史。据此,布卢姆把每一首诗都看作迟来者对其先驱者的诗作的有意识的误读。

这里要插叙说明一下哈罗德·布卢姆心目中的"强者诗人"。在他看来,英语现代诗应以弥尔顿为鼻祖。弥尔顿以后的继承者分为两支:华兹华斯、济慈、斯蒂芬斯等诗人组成沉思式的一支,而布莱克、雪莱、勃朗宁、惠特曼、叶芝等诗人组成激烈的幻想/预言式的一支。

迟来者不可能真正超脱影响的焦虑。迟来的新人的每一首诗,都不是焦虑的克服,而是焦虑的本身。每一首诗的意义都不是其自身,而是对一首亲本诗的误释。所谓亲本诗,即这位作者毋庸置疑的先驱者的一首核心诗,哪怕这位迟来的新人从未读过这首核心诗。

迟来新人中的强者所能做的,就是强化其先驱者的某些原本不很突出的特点,使它变得仿佛是自己的首创,而先驱者倒似乎是由于碰巧,刚好模仿了这位迟来者的特色。《影响的焦虑》一书的主要篇幅,就是列举迟来者这样做的六种方法,或六种"修正比"(revisionary ratios):

1. 克里纳门(Clinamen)——有意的误读;

2. 苔色拉(Tessera)——续完和对偶;

3. 克诺西斯(Kenosis)——打碎与先驱的连续(倒空或退潮,表面上在弃去自身的灵感,实际是联系着一位先驱者的诗来施行的,从而祛除先驱者的灵性);

4. 魔鬼化(Daemonization)——对先驱者的崇高的反动,"逆崇高";

5. 阿斯克西斯(Askesis)——自我净化以达到孤独状态,缩削式的修正;

6. 阿波弗里达斯(Apophrades)——死者的回归,迟来者在后期再回到被先驱者光辉笼罩住的学徒期,向先驱者的诗敞开,从而产生奇异的效果:仿佛先驱者的诗倒是迟来诗人所写的。

本书认为勃朗宁的先驱者是雪莱,因此勃朗宁的作品是对雪莱的误读:

"雪莱是一位怀疑论者,亦带有幻想唯物主义的色彩;而雪莱的新人勃朗宁则是形而上学唯心论的狂热信徒。但是,勃朗宁对雪莱采取了缩削态度，坚持要‘改正’他诗人父亲过度的形而上学唯心论。当诗人在时间上向下转向时，他们欺骗自己去相信他们比前驱要更讲究实际。”(《影响的焦虑》中译本，徐文博译，生活·读书·新知三联书店1989年版，71页)

“勃朗宁和叶芝都是依赖雪莱的继承人(根据叶芝的自白，勃朗宁也是对他的“危险的影响”)。当他们成为完全成熟的诗人时，他们进行了一次巨大的自我缩削。勃朗宁的升华赋予他特有的那种戏剧独白，而且随着这种独特的戏剧独白还产生了他那英语文学中超群绝伦的恶梦艺术。”(同上书，138页，飞白按：在下文中布卢姆引用了勃朗宁的《罗兰公子来到了暗塔》一诗。)

小赫伯特·塔克尔

《勃朗宁基础：揭示的艺术》

Tucker, Herbert F. Jr.

Browning's Beginnings: *The Art of Disclosure*

University of Minnesota Press, 1980

作者塔克尔认为，在维多利亚时代的主要作家中，勃朗宁对于现代读者而言既是最趣味相投的，又是最不可思议的。勃朗宁难读难懂的诗风源自他延宕终极意义的美学，这与他在伦理观上的“不完美哲学”相辅相成。本书关注勃朗宁诗学与心理的戏剧化表现在其各期作品中发展的轨迹，说明“浪漫主义的勃朗宁”和“维多利亚时代的勃朗宁”间，其实比通常认为的有更多的相通之处。

哈罗德·布卢姆(主编)

“现代批评观点丛书”之《罗伯特·勃朗宁》

Ed. Bloom, Harold

Modern Critical Views: *Robert Browning*

Chelsea House, 1985

哈罗德·布卢姆在他主编的“现代批评观点丛书”中运用了他著名的“影响的焦虑”和“误读”理论。勃朗宁批评是他应用该理论的典型案例,在他为《罗伯特·勃朗宁》卷作的序言中有较集中的体现。下面对其观点作一介绍。

后来的诗人都倾向于误读他们强有力的先驱者,如勃朗宁误读全盛期浪漫主义诗人,尤其是他最重要的先驱雪莱,而大多数现代主义诗人又同样地误读勃朗宁。

勃朗宁是一位误读大师。他讽刺别人追随济慈,但是他自己对雪莱也抱有同样的“迟来者”的矛盾心理。从十四岁那年起,他终生爱着雪莱,产生了“影响的焦虑”,雪莱像个祖先神灵一样笼罩着勃朗宁;加以他把主要先驱者视作自我理想却又不能实现,觉得自己背叛了与先驱者的盟约而产生愧疚心理。这样,“迟来者”的重负在勃朗宁身上置换成了自我掩饰的重负。

勃朗宁作品中的乐观主义(性格和理论),与他笔下人物的“自毁”特性形成完全的矛盾对立。勃朗宁诗中的独白者都面对着某种矛盾对立的求索。他们所求得的到底是顶峰还是毁灭?常常难以判断。他的诗常终结于一个疑难,使读者难以抉择:到底是该按字面理解，还是该作为比喻来理解？

勃朗宁把小鬼头的狡猾和无比旺盛的语言活力奇妙地集于一身，而最奇怪的则是，即便在他想象出那么些病态狂热或偏执的人物、那么些匪夷所思的骗子和庸医的时候，他自己的心理却是那么不可救药地清醒而健全。

在我看来，安德烈（和罗兰公子及《指环与书》中教皇的沉思一同）代表着勃朗宁最伟大的成就。贝蒂·米勒把《安德烈，裁缝之子》与勃朗宁《论雪莱》文中这段晦涩的文字并置：

“……绝对的愿景不属于这个世界。但我们可以不断地向它逼近，超越群众所达到的高度。诗人有没有达到比他所处和所展示的平台更高？他有没有知道得比他所说的更多？”

安德烈和勃朗宁一样，都处于比他们可能达到的绝对愿景低的位置。安德烈说他知道的多于他所画的，那么勃朗宁呢？

安德烈是否高估了他的潜能？假如是的，那么此诗就不成立。若不是他生活中可疑的所得与他艺术中真正的所失能够对应，他就未免自欺欺人得没意思了。安德烈是明知他的损失的。他缺少追求崇高的雄心，显然，他与他的作者勃朗宁形成对照：勃朗宁的诗从来不缺乏雄心，勃朗宁总是即崇高又怪异。安德烈在各方面都不直接代表勃朗宁，包括他对英雄先驱者的背离。但是他有一方面代表勃朗宁——他的一种焦虑，与“影响的焦虑”有关但又不等同的“表现的焦虑”，或对禁忌意义的恐惧，或用弗洛伊德的话准确地说是对被压抑意识回归的恐惧。这回归可能意味着诗的终结。

勃朗宁最难忍受的是“无目的性”的意识。这种意识萦绕在《罗兰公子来到了暗塔》中。人常常情愿为理想而受苦受难,人宁愿忍受达不到目的的失落,而无法忍受目的的缺失。雪莱最触动勃朗宁的唯一特质,就是雪莱身上和他的人物形象如普罗米修斯身上的那种无怨无悔的目的性。作为艺术家的安德烈是绝对理想主义者雪莱的绝对对照,由此,安德烈是勃朗宁深刻焦虑的表现。

但是这又怎么会成为表现的焦虑呢?勃朗宁并不情愿表现为"迟来者",但他作为诗人又太强太实在,以至于无法回避。尽管安德烈用的是另一套词汇(一种自我辩解和推诿的语言)来表现他和文艺复兴三杰的关系,他仍然背着迟来者的重负,他的露克蕾吉亚就是他迟来的象征,他的缺乏力量(或如他自己准确诊断的,是缺乏意志)的借口。于是他终于归结到心甘情愿地"迟来"和戴绿帽。

安德烈是不是代表雪莱惧怕的前景——炉火燃尽,不留余烬?我们知道雪莱不必惧怕,可是我们仍能深深感受到那种暗暗的、萦绕不散的恐惧。勃朗宁在七十七岁时和哈代在八十八岁时、叶芝在七十四岁时、斯蒂芬斯在七十五岁时一样,没有燃尽的迹象。他的最后一本书《阿索兰多》强烈地预示了哈代的《冬天的话》、叶芝的《最后的诗》、斯蒂芬斯的《岩石》,这是最强力的四位现代诗人惊人生命力的最后爆发,联结这四部书的,是四位诗人对挥之不去的"表现的焦虑"的克服。"表现"在诗中的终极意义就是自我辩护。在他们的最后阶段,勃朗宁和他的后继者们成为了他们共同祖先雪莱的转世替补。

回到勃朗宁最疑难也最崇高的诗《罗兰公子来到了暗塔》,罗兰公子是极其自觉其"迟来"的探索者,他对他的文本的解释充满了比尼采的查拉图斯特拉更强的强力意志。博尔赫斯准确地把勃朗宁确认为卡夫卡的先驱，也只有卡夫卡的《城堡》作为罗曼司的神秘主义版本能与《罗兰公子来到了暗塔》比肩。《罗兰公子来到了暗塔》全诗里的形象都意指着毁灭，但诗却在昂扬的凯歌中终结：

他们全体沿山坡列队迎接我——
见证我的最终一刻，把最后一幅画
填入这副活生生的框架！
一片火焰里我认出了他们每一个。
但我无畏地举起和吹响了号角：
"罗兰公子来到了暗塔。"

这样的凯歌实在是骇人听闻，它的前一节还刚结束于"这一刻丧钟敲响了百年苦难"。《罗兰公子来到了暗塔》的特殊魅力在于它解构了浪漫主义的一切公式，它揭露了浪漫主义的想象不过是压抑积累的原理。当然此诗中最深刻的元素是"强力"的表现，它既是"无"又是"绝对存在"，是反讽又是幻象，它永远允许一首迟来的诗以新的力量重新开始探索。意义显现已经漂移迷失，罗兰寻求的是迷失和被遗忘的意义，寻求的是"表现"，是对自我的支持或再辩护。在寻求"表现"方面，《罗兰公子来到了暗塔》的成绩远远超过了丁尼生的《尤利西斯》和《珀西瓦尔》，甚至也远远超过了浪漫主义全盛时期的孤独诗人们。这是他实际不可能达到的原初目的的替代物，因为那是其对立面——雪莱冲破自然之网再度生出自己并成为自己想象之父的梦。

正如罗兰所展示的,替代并不需要成为升华,而能以更复杂的辩护行为从压抑经升华达到高潮。

精神分析学对这行为没有单独命名,除非我们愿意接受“妄想”这个蔑称。我们不接受蔑称,因为这是意志的极有价值的行为。罗兰教给我们:精神分析学所说的“外射”和“内射”,是存在于诗边界外的“认同”和启示录式“拒斥”的精神过程的一种比喻。罗兰得知,而我们则从他得知:强力的表现本身就是力,这种力就是我们应知道的唯一的目的性。罗兰最终是重新创造了自己,付出的代价是使自我加入了一群失败的幻象,而失败在这里的意思就是丧失意义。他的诗的无穷魅力,对于任何浪漫主义传统培养出来的挑剔的读者而言,仍然起着最强有力的浪漫主义诗歌所起的作用,彻底打破其理想主义,远比我们能做的更为彻底,同时又越过自我解构而指向初始理念,指向“力”的孕育。

罗兰令人信服地警告我们防备真象有毒的陶醉作用,他和他的读者只能在话本(讲述)中一同行进,到末了他和他的读者对自己的所知比诗开始时更不肯定。但是他和他的读者经过了历练,表现了比诗开始时更多的力,而这的确化作了一种补偿或修复。意义被削除的多于被修复的,但是与意义成为对照的力得到了揭示。

罗伯特·朗鲍姆

《戏剧独白诗:情入和理判》

Langbaum, Robert

The Dramatic Monologue: *Sympathy versus Judgment*

Bloom, Harold. ed. *Modern Critical Views*: *Robert Browning*. Chelsea House, 1985

勃朗宁戏剧独白诗的生命在二十世纪诗歌中继续发展,如叶芝、艾略特、庞德、弗罗斯特等现代诗人都继承了这种形式。庞德认为勃朗宁《男男女女》中的戏剧独白形式是那个时代最重要的诗歌形式。艾略特的许多作品如《普鲁弗洛克的情歌》等采取了戏剧独白形式,而《荒原》则开启了戏剧独白拼贴的新的可能性,对勃朗宁之后戏剧独白的发展作了贡献。

通常认为戏剧独白的标志是:有(不同于诗作者的)说话人,有听话人,有说话人和听话人间的互动关系,还有说话的场合。然而勃朗宁和其他诗人的的戏剧独白诗却不一定都具备这四个标志,于是,"典型的"和非典型的戏剧独白诗问题弄得批评者莫衷一是。

真正了解戏剧独白诗要看它的实质,而实质在于它那种前所未有的效果。如麦凯勒姆指出的,戏剧独白的意义来自"情入"(sympathy)。独白只是手段,目的是让读者对诗建立"情入"关系而"从内部获知事实"。但是我们知道,从内部获知事实和提取意义,而不是从外部进行判断,这本是浪漫主义对文学的贡献。德国人所称"移情"(Einfühlung)是典型浪漫主义的认知方式,那也是一种"情入"。由此可见,戏剧独白是浪漫主义从一开始就隐含着的潜在形式,从十八世纪后期浪漫主义发轫,经过十九世纪的勃朗宁和丁尼生,一直到二十世纪现代诗人,存在着一条继承发展的线。这也说明戏剧独白诗长久的生命力。

那么勃朗宁式戏剧独白诗与它之前的诗区别何在呢？正如法国批评家密尔桑所说：勃朗宁尝试的是把两种诗（主观的和客观的、抒情的和戏剧的）熔铸为一，使这两种元素不可分割。读这种诗就得用“情入”加“理判”（judgment）的方法，而且必须以“情入”为“理判”的先决条件。

例如《我的前公爵夫人》一诗，如果只就客观事实而论，当然不难对公爵作伦理道德判断。但若没有“情入”，“理判”不能让我们得到此诗丰富的意涵，那意涵远远不是“批判公爵残暴”所能涵盖的。对一个杀人暴君怎么能“情入”呢？——不是这样一个问题，问题在于读诗不能从概念去理解，而要从内部获知事实，感受这个惊人的公爵形象的全部复杂性。勃朗宁的每一行诗都揭示出这个形象的一个侧面，如他绝对自信的优越感、他雍容礼让包藏下的傲慢跋扈、他毫无道德心的艺术修养文化风度，等等，每个笔触都使我们惊呆，而前公爵夫人的形象也从独白中渐渐浮现。读者必须有耐心地以“情入”方式从内部去感受独白者心理和悟到事实，只有在“情入”基础上才能达到正确的“理判”（“理判”不能概括读诗得到的全部艺术感悟和效果）。选择此诗来谈“情入”，正是因为独白者公爵异常邪恶，使得对这个形象的“情入”和伦理判断间形成巨大张力，从而把戏剧独白诗的效果发挥到了极致。

勃朗宁常喜欢写一些显然不道德或不很正面的案例，因为读戏剧独白诗既以“情入”为前提，作为此类案例的载体效果特别震撼。读者通过“情入”从内部了解说话人，为了了解需要暂时悬置（当然不是忘记）伦理评判，正是这种悬置大大扩展了读者的经验边界。就好比在科学领域对未知领域的探索一样，读戏剧独白诗就是从内部对男男女女的探索,并因此使对他们的评判历史化和心理化。进入特定历史文化背景的评判才是深刻而彻底的评判。

《我的前公爵夫人》中的公爵形象把唯美主义者和邪恶之徒集于一身,而《圣普拉西德教堂的主教吩咐后事》中的主教形象则集中了贪婪、对基督教惊人的背离和对美与生活的热情。主教体现的人性之贪是以文艺复兴时代潮流时尚为背景的,我们对他的认识和伦理评判需要历史化而不能简单化。在此诗中,伦理评判的历史化使我们不仅对主教形象而且对文艺复兴时代有了更生动全面的认识。勃朗宁的许多戏剧独白诗比《圣普拉西德教堂的主教吩咐后事》还要复杂得多,都是对简单化思维的抵制。戏剧独白诗呈现的是先于伦理评判的经验事实,说话人都处于特定的心理和历史条件制约下,需要历史化、心理化的了解,不能用外在的伦理规范简单处理。

由于"情入"是戏剧独白诗的基本法则,那么"理判"又如何建立呢? 这有时是没有标准答案的。读者可能众说纷纭,各执一见,有时读者的看法会使勃朗宁也大吃一惊。这一方面是由于勃朗宁实在太会别出心裁了,另一方面也由于评判的复杂性有时远超读者预计。评判是追随并从属于理解的,有时只是试验性的。评判要考虑尽可能多的事实证据,并且要和这些事实一样复杂而有弹性,有时要违反常规处理种种悖论,如忠实的小偷或温柔的杀手。不存在现成不变的评判标准,评判只能根据每个案例,带着其全部复杂性和特殊性建立起来。

戏剧独白诗在一个经验主义和相对主义的时代应运而生,这个时代已开始把价值看作随历史进程发展演变的事物。评判已不再恒定,需要不断地与事实校验核对，事实先于评判，而且总比评判更为可靠。

罗伯茨

《重访勃朗宁》

Roberts, Adam

Robert Browning Revisited

Twayne Publisher, 1996

本书属"特维恩作家系列"，该系列面向从大学教授直到优秀的高中生的广泛读者群，专注于对主要作家的评论并提供独到的学术观点，以求启发读者的批评性思考。每卷均包括作家生平、创作概述和有关历史背景，对深入研习的帮助，详尽的注释、参考、书目和索引。

梅纳德

《勃朗宁再审视：1980—1995 年的评论文》

Maynard, John

Browning Re-viewed : Review Essays, 1980 - 1995

Peter Lang Publishing, 1998

勃朗宁作为最具创新力的维多利亚时代的主要诗人，在批评观念发生转折的每个时代都是争议的中心。1980—1995 年学术观念发生了又一轮更新，亦逢勃朗宁去世一百周年，本书完整记录了该阶段勃朗宁批评的动向。

郝林

《勃朗宁评析指南》

Hawlin, Stefan

The Complete Critical Guide to Robert Browning

Routledge, 2002

本书是“劳特利奇文学指南系列”的一种,面向大学生群体,为勃朗宁批评研究提供了极为有用的基础。作者在有限篇幅内精炼地概括了勃朗宁的生平及其创作的社会历史背景,介绍了勃朗宁作品的全貌,以及勃朗宁批评的主要聚焦和争议问题。

R.肯尼迪、海尔

《勃朗宁的戏剧化想象(文学传记)》

Kennedy, Richard and Hair, Donald

The Dramatic Imagination of Robert Browning: *A Literary Life*

Missouri University Press, 2007

本书是一部有学术含量的传记,做到了“传”、“评”结合。肯尼迪侧重于勃朗宁对内心生活的戏剧化揭示,海尔则专注于勃朗宁对心灵发展的诗性成象,尤其是第二部分考察勃朗宁在后期作品中对“互文性”和阐释的热衷,分析细致入微。

马滕斯

《勃朗宁,维多利亚诗学和浪漫主义遗产:挑战个人化声音》

Martens, Britta

Browning, Victorian Poetics and the Romantic Legacy: Challenging the Personal Voice

Ashgate Publishing, 2011

通常认为勃朗宁因他早期内省式的诗挨批而退入戏剧诗领域,本书作者对此提出挑战,她认为勃朗宁从一开始就在摸索发展自己的诗学,他越来越微妙复杂的诗艺,反映的是年轻时代浪漫主义的勃朗宁与成熟时期试图摈弃浪漫主义冲动(但从未完全实现)的勃朗宁之间的张力。本书考察勃朗宁的诗学观点与现代诗学的发展,细考诗作者和诗中说话人的微妙关系,关注勃朗宁后期用自己的声音说话的诗作。勃朗宁的这种互文本性对话预示了现代主义诗歌的特色。马滕斯提醒人们关注勃朗宁诗中的张力——在他摈弃浪漫自我主义方针与他自己诗中的这一倾向间调和平衡的张力。

勃朗宁批评书目*

飞白按：在英语文学批评中，勃朗宁批评是一门显学，仅著作数量就汗牛充栋，研究论文更浩如烟海，不可计数。本书目以选收批评专著和文集类为主，不收论文。考虑到读者和研究者的便利，兼收文学评传类和综合性参考资料书。此外，许多包括在维多利亚时代文学研究和比较文学项目下的勃朗宁研究成果也未收入本书目。

Mrs. Orr, Sutherland. *A Handbook to the Works of Robert Browning*. Bell, 1885.

Simons, A. *An Introductory Study of Browning*. London, 1886.

Corson, Hiram. *An Introduction to the Study of Robert Browning's Poetry*. D.C. Heath, 1886.

Gosse, Edmund. *Robert Browning, Personalia*. T. Fisher Unwin, 1890.

Sharp, William. *Life of Robert Browning*. Walter Scott, 1890.

H. Jones. *Browning as a Philosophical and Religious Teacher*. Glasgow, 1891.

---

* 由于年代久远，部分书目具体出版信息阙如。

Cooke, George Willis. *A Guide-Book to the Poetic and Dramatic Works of Robert Browning*. Mifflin, 1891.

Mrs. Orr, Sutherland. *Life and Letters of Robert Browning*. Mifflin, 1891.

Berdoe, Edward. *The Browning Cyclopaedia: A Guide to the Study of the Works of Robert Browning with Copious Explanatory Notes and References on All Difficult Passages*. George Allen & Macmillan, 1891.

Brooke, Stopford A. *The Poetry of Robert Browning*. Thomas Y. Crowell, 1902.

Chesterton, G.K. *Robert Browning*. Macmillan, 1903.

Curry, S.S. *Browning and the Dramatic Monologue*. Expression, 1908.

Lounsbury, T.R. *The Early Literary Career of Robert Browning*. Charles Scribner's Sons, 1911.

Clarke, Helen Archibald. *Browning and His Century*. Doubleday, Page & Co., 1912.

Phelps, William Lyon. *Robert Browning: How to Know Him*. Bobbs-Merrill, 1915.

Skemp, Arthur Rowland. *Robert Browning*. T. C. & E. C. Jack, 1916.

Broughton, L. N. and Stelter, B. F. *A Concordance to the Poems of Robert Browning*. 2 vols. New York, 1924 – 1925.

DeVane, William Clyde. *Browning's "Parleying": The Autobiography of a Mind*. Conn., 1927.

Brockington, A. Allen. *Browning and the Twentieth Century: A Study of Robert Browning's Influence and Reputation.* H. Milford, 1932.

Phelps, William Lyon. *Robert Browning.* The Bobbs-Merrill Co., 1932.

DeVane, William Clyde. *A Browning Handbook.* Appleton Century Crofts, 1935.

Forster, Meta and Zappe, W. M. *Robert Browning Bibliographie.* Max Niemeyer Verlag, 1939.

Raymond, W. O. *The Infinite Moment and Other Essays in Robert Browning.* University of Toronto Press, 1950.

Greer, Louise. *Browning and America.* University of North Carolina Press, 1952.

Broughton, L.N., Northup, C.S. and Pearsall, Robert. *Robert Browning: A Bibliography, 1830–1950.* Cornell University Press. 1953.

Miller, Betty Bergson. *Robert Browning: A Portrait.* Scribners, 1953.

Duffin, H. C. *Amphibian: A Reconsideration of Browning.* London, 1956.

King, Roma A. Jr. *The Bow and the Lyre: The Art of Robert Browning.* University of Michigan Press, 1957.

Langbaum, Robert. *The Poetry of Experience: The Dramatic Monologue in Modern Literary Tradition.* Random House, 1957.

Honan, Park. *Browning's Characters: A Study in Poetic Technique.* Yale University Press, 1961.

Crowell, N. B. *The Triple Soul: Browning's Theory of Knowledge.*

University of New Mexico Press, 1963.

Whitla, W. J. *The Central Truth: The Incarnation in Robert Browning's Poetry.* University of Toronto Press, 1963.

Litzinger, Boyd. *Time's Revenges: Browning's Reputation as a Thinker, 1889 - 1962.* University of Tennessee Press, 1964.

Litzinger, Boyd and Knickerbocker, K. L. ed. *The Browning Critics.* University Press of Kentucky, 1965.

Drew, Philip. ed. *Robert Browning: A Collection of Critical Essays.* Methuen and Co., 1966.

Duckworth, Francis F. G. *Browning: Background and Conflict.* Archon Books, 1966.

Griffin, William Hall. *The Life of Robert Browning.* Archon Books, 1966.

Collins, T. J. *Robert Browning's Moral-Aesthetic Theory, 1833 - 1855.* Lincoln, Nebr., 1967.

Blackburn, Thomas. *Robert Browning, A Study of His Poetry.* Eyre and Spottiswoode, 1967.

Crowell, N. B. *The Convex Glass: The Mind of Robert Browning.* University of New Mexico Press, 1968.

King, Roma A. Jr. *The Focusing Artifice: The Poetry of Robert Browning.* Ohio University Press, 1968.

Shaw, William David. *The Dialectical Temper: The Rhetorical Art of Robert Browning.* Cornell University Press, 1968.

Melchiori, B. *Browning's Poetry of Reticence.* Oliver & Boyd, 1968.

Tracy, C. R. ed. *Browning's Mind and Art.* Oliver & Boyd, 1968.

Altick, R. D. and Loucks, J. F. *Browning's Roman Murder Story: A Reading of "The Ring and the Book".* University of Chicago Press, 1968.

King, R. A. Jr. ed. *Victorian Poetry: An Issue Commemorative of the Centennial of the Publication of "The Ring and the Book".* Morgantown, W. Va., 1968.

Faverty, F. E. ed. *The Victorian Poets: A Guide to Research* (ch. on Browning by P. Honan). Harvard University Press, 1968.

Burrows, Lenard. *Browning the Poet: An Introductory Study.* University of Western Australia Press, 1969.

Ward, M. *Robert Browning and His World.* Cassell, 1969.

Sullivan, M. R. *Browning's Voices in "The Ring and the Book": A Study of Method and Meaning.* University of Toronto Press, 1969.

Honan, Park. *Browning's Characters: A Study in Poetic Tecnique.* Archon Books, 1969.

Armstrong, I. ed. *The Major Victorian Poets: Reconsiderations.* Routledge, 1969.

Litzinger, Boyd and Smalley, Donald. eds. *Robert Browning: The Critical Heritage.* Routledge and Kegan Paul; Barnes & Noble Inc., 1970.

Williams, Ioan M. *Robert Browning.* Arco, 1970.

Drew, Philip. *The Poetry of Robert Browning: A Critical Introduction.* Methuen, 1970.

Dyson, A. E. ed. *English Poetry, Select Bibliographical Guides* (ch. on Browning by Jack, I.). Oxford University Press, 1971.

Hair, D. S. *Browning's Experiments with Genre.* Edinburgh, 1972.

Crowell, N. B. *A Reader's Guide to Robert Browning.* University of New Mexico Press, 1972.

Gridley, Roy E. *Browning.* Routledge and Kegan Paul, 1972.

Jack, I. *Browning's Major Poetry.* Oxford, 1973.

Harrold, W. E. *The Variance and the Unity: A Study of the Complementary Poems of Robert Browning.* Ohio University Press, 1973.

Little, M. *Essays on Robert Browning.* Haskell House, 1974.

Pearsall, Robert Brainard. *Robert Browning* (Twayne's English Authors Series). Twayne Publishers, 1974.

Watson J. R. ed. *Browning: Men and Women and Other Poems.* Palgrave, 1974.

Cook, Eleanor. *Browning's Lyrics: An Exploration.* University of Toronto Press, 1974.

Ryals, C. De L. *Browning's Later Poetry, 1871 – 1889.* Cornell University Press, 1975.

Irvine, W. and Honan, P. *The Book, the Ring and the Poet: A Biography of Robert Browning.* McGraw-Hill, 1974.

Armstrong, Isabel, ed. *Writers and Their Background: Robert*

Browning. Ohio University Press, 1975.

Flowers, B. S. *Browning and the Modern Tradition.* Macmillan, 1976.

Sinfield, Alan. *The Dramatic Monologue.* Critical Idiom series. Methuen, 1977.

Maynard, John. *Browning's Youth.* Harvard University Press, 1977.

Brugiére, B. *L'Univers Imaginaire de Robert Browning*. Paris, 1979.

Bloom, Harold, ed. *Robert Browning: A Collection of Critical Essays.* Prentice-Hall, 1979.

Tucker, Herbert F. Jr. *Browning's Beginnings: The Art of Disclosure.* University of Minnesota Press, 1980.

Suleiman, Susan R. and Inge Crosman, eds. *The Reader in the Text.* Princeton University Press, 1980.

Altick, Richard Daniel., ed. *Robert Browning: The Ring and the Book.* Yale University Press, 1981.

Slinn, E. Warwick. *Browning and the Fictions of Identity.* Rowman & Littlefield Publishing, 1982.

Hassett, Constance W. *Elusive Self in the Poetry of Robert Browning.* Ohio University Press, 1982.

Thomas, Donald. *Robert Browning: A Life Within Life.* Weidenfield and Nicholson, 1982.

Jacob Korg. *Browning and Italy.* Ohio University Press, 1983.

Ryals, Clyde de L. *Becoming Browning: the Poems and Plays of Robert Browning, 1833 – 1846.* Ohio State University Press, 1983.

Jack, Ian and Smith, Margaret, eds. *The Poetical Works of Robert Browning*. Oxford University Press, 1983.

Erickson, Lee. *Robert Browning: His Poetry and His Audiences*. Cornell University Press, 1984.

Kelley, Philip et al. eds. *The Brownings' Correspondence*. 24 vols (of 40 vols projected) to date. Wedgestone, 1984 – .

Karlin, Daniel. *The Courtship of Robert Browning and Elizabeth Barrett*. Oxford University Press, 1985.

Martin, Loy D. *Browning's Dramatic Monologues and the Post Romantic Subject*. Johns Hopkins University Press, 1985.

Bloom, Harold. ed. *Modern Critical Views: Robert Browning*. Chelsea House, 1985.

Woolford, John. *Browning the Revisionary*. St. Martin's Press, 1988.

Jones, Henry. *Browning as a Philosophical & Religious Teacher*. AMS Press, 1989.

Bloom, Harold, ed. *Robert Browning*. Chelsea House, 1990.

Schoffman, Nachum. *There Is No Truer Truth: The Musical Aspect of Browning's Poetry*. Greenwood Publishing, 1991.

Bristow, Joseph. *Robert Browning*. Palgrave Macmillan, 1991.

Hudson, Gertrude Reese. *Robert Browning's Literary Life: From First Work to Masterpiece*. Eakin Pr, 1992.

Ryals, Clyde de L. *The Life of Robert Browning: a Critical Biography*. Blackwell, 1993.

Woolford, John and Karlin, Daniel. *Robert Browning*. Longman, 1996.

Thomas, Charles F. *Art and Architecture in the Poetry of Robert Browning*. Whitson Publishing, 1996.

Shroyer, Richard J. & Collins, Thomas J. *A Concordance to the Poems and Plays of Robert Browning*. AMS Press, 1996.

Roberts, Adam. *Robert Browning*. Oxford University Press, 1997.

Roberts, Adam. *Robert Browning Revisited*. Twayne Publisher, 1996.

Loehndorf, Ester. *The Master's Voice: Robert Browning, the Dramatic Monologue, and Modern Poetry*. Francke, 1997.

Maynard, John. *Browning Re-Viewed: Review Essays 1980 – 1995*. Peter Lang Publishing, 1998.

Markus, Julia. *Dared and Done: The Marriage of Elizabeth Barrett and Robert Browning*. Ohio University Press, 1998.

Hair, D. S. *Robert Browning's Language*. University of Toronto Press, 1999.

Schad, John. *Victorians in Theory: From Derrida to Browning*. Manchester University Press, 1999.

Garrett, Martin. *A Browning Chronology: Elizabeth Barrett and Robert Browning*. Palgrave Macmillan, 1999.

Rigg, Patricia Diane. *Robert Browning's Romantic Irony in The Ring and the Book*. Fairleigh Dickinson University Press, 1999.

汪晴,飞白,译. 勃朗宁诗选(译诗并撰文). 海天出版社, 1999.

Garrett, Martin ed. *Elizabeth Barrett Browning and Robert Browning*:

Interviews and Recollections. Palgrave Macmillan, 2000.

Wood, Sarah. *Robert Browning: A Literary Life.* Palgrave Macmillan, 2001.

Hawlin, Stefan. *The Complete Critical Guide to Robert Browning.* Routledge, 2002.

Garrett, Martin. *Elizabeth Barrett Browning and Robert Browning.* Oxford University Press, 2002.

Pollock, Mary Sanders. *Elizabeth Barrett and Robert Browning: A Creative Partnership.* Ashgate Publishing, 2003.

Finlayson, Iain. *Browning: A Private Life.* Harper Collins, 2004.

Baker, John Haydn. *Browning and Wordsworth.* Fairleigh Dickinson University Press, 2004.

Haug, Jochen. *Passions without a Tongue: Dramatizations of the Body in Robert Browning's Poetry.* Peter Lang Publishing, 2004.

Neville-Sington, Pamela. *Robert Browning: A Life after Death.* Weidenfield & Nicolson, 2004.

Kennedy, Richard and Hair, Donald. *The Dramatic Imagination of Robert Browning: A Literary Life.* Missouri University Press, 2007.

Fotheringham, James. *Studies in the Poetry of Robert Browning.* Kessinger Publishing's Legacy Reprint Series, 2010.

Martens, Britta. *Browning, Victorian Poetics and the Romantic Legacy: Challenging the Personal Voice.* Ashgate Publishing, 2011.